Paul Heyse

# Der Jungbrunnen - Märchen eines fahrenden Schülers

*Paul Heyse*

**Der Jungbrunnen - Märchen eines fahrenden Schülers**

*ISBN/EAN: 9783944349473*

*Auflage: 1*

*Erscheinungsjahr: 2013*

*Erscheinungsort: Bremen, Deutschland*

*@ Saga-Verlag in Access Verlag GmbH, Fahrenheitstr. 1, 28359 Bremen.
Alle Rechte beim Verlag und bei den jeweiligen Lizenzgebern.*

# Der Jungbrunnen.

## Märchen

### eines fahrenden Schülers

von

## Paul Heyse.

Zweite, neu bearbeitete Auflage.

Berlin.

Verlag von Gebrüder Paetel.

1878.

# Der Jungbrunnen.

Märchen eines fahrenden Schülers.

# Vorwort.

Diese Märchen erschienen zum ersten Mal im Jahre 1849, als ihr Verfasser in Wahrheit sich einen fahrenden Schüler nennen durfte, da er in Bonn als Studiosus der Philosophie allerlei Wissenschaften und Künsten oblag und dazwischen mit leichtem Ränzel und noch leichterem Sinn den Rhein hinauf und hinabwanderte. Die aus der Schweiz vom 6. September 1849 datirte Vorrede legt feierlich Verwahrung dagegen ein, daß man denken könnte,. diese fröhlichen Phantastereien seien in den ernsten Zeiten des Bürgerkriegs und der großen politischen Bewegungen entstanden. Sie seien vielmehr sämmtlich vormärzlichen Ursprungs, eines sogar schon vom Jahr 1846, „wo der Humor noch im Stande der Unschuld war und im Flügelkleide harmlos herumlaufen durfte.“

Das sehr unzeitgemäße kleine Buch fand gleichwohl seine Freunde und Gönner und die eingestreuten Lieder ihre Componisten, darunter Namen vom besten Klang. Ich habe aber dennoch viele Jahre lang mich nicht entschließen können, meine Zustimmung zu einer neuen Ausgabe zu ertheilen und mich zu diesen anonymen Jugendsünden zu bekennen. Selbst die gute Meinung meines sonst nicht eben nachsichtig urtheilenden Vaters — er selbst hatte die Herausgabe veranlaßt und die Correcturen besorgt —, wie auch die glimpflichen Besprechungen in literarischen Blättern konnten das Mißgefühl nicht verscheuchen, mit welchem ich meine Erstlinge betrachtete. Sie waren ohne jeden Gedanken an Veröffentlichung gedichtet worden, einigen Kindern zu Liebe, die schon aus den Kinderschuhen herauswuchsen und überdies Berliner Kinder waren, ein dankbares Publikum für allerlei guten und schlechten Witz und anspielungsreiche Wendungen, wie sie freilich auch Brentano, trotz seiner Herkunft von „des Knaben Wunderhorn“, seinen bearbeiteten oder frei erfundenen Märchen nur allzureichlich beigemischt hat.

Es ist hier nicht der Ort, zu untersuchen, inwiefern das Märchen als Kunstproduct überhaupt seine Berechtigung habe, mit welchen Gaben und Tugenden es ausgestattet sein müsse, um durch den unschuldigen Zauber des echten Volksmärchens nicht allzu sehr überglänzt zu werden. Wenn ich aber achtundzwanzig Jahre hindurch fortfuhr, von meinen eigenen Versuchen auf diesem Gebiet keine sehr hohe Meinung zu hegen, so wurde ich doch durch den Umstand stutzig gemacht, daß es mir nicht gelang, durch noch so beharrliches Ver= läugnen und Verhehlen eine völlige Verschollenheit des fahrenden Schülerbuches zu erreichen. Ich dachte daher mit Schrecken an die Möglichkeit, daß eines Tages, wenn ich nichts mehr mitzureden hätte, irgend ein Nachfahr sich dieser Blätter bemächtigen und sie mit der üblichen unheilvollen Pietät neu ans Licht ziehen möchte. So schien es mir gerathen, wenigstens das Mögliche zu thun, um sie in einer nicht allzu fragwür= digen Gestalt zurückzulassen. Ihre Berliner Kindschaft saß ihnen freilich zu tief im Blut; an ein Umbilden von Grund aus war nicht zu denken. Doch war schon viel gewonnen, wenn die einzelnen wenigstens auf einen gleichmäßigen Ton gestimmt und gewisse Auswüchse beseitigt wurden, die nur durch die Kenntniß persönlicher Beziehungen verständlich werden könnten. Alles der Art war freilich nicht zu tilgen, doch gehört auch diese Frei= heit wohl zu den Vorrechten des Märchens, daß seine Figuren hin und wieder ein zwiefaches Gesicht zeigen dürfen, ein persönliches und ein phantastisches. Ferner war in einigen dieser Improvisationen durch etwas strafferes Anziehen des Fadens dem Eindruck des Ganzen nach= zuhelfen, ohne eine förmliche Umarbeitung vorzunehmen. Dagegen erschien der sechzehnjährige Veilchenprinz so ungleich und unzulänglich in der Form, daß er eine vollständige Uebermalung nothwendig machte.

Mögen nun diese harmlosen Fabeleien ihr Glück versuchen bei einem jungen Geschlecht, das in ganz anderer Luft heranwächs't. Vielleicht begegnen sie hie und da einem fahrenden Schüler, dem es in der Welt der Eisenschienen nicht ganz geheuer ist und der auf den noch immer vorhandenen stillen Seitenpfaden gern einem Klang aus verschollenen Tagen lauschen mag.

München, im September 1877.

**Paul Heyse.**

# Inhalt.

Das
# Märchen von der guten Seele.

Es war einmal ein blutarmes, verlaſſenes Ding, das
hieß die gute Seele, und war ſchlank und fein ge=
wachſen und hatte zwei recht wackere Beinchen, die
aber leider barfuß laufen mußten. Eltern hatte ſie keine
mehr, nur einen Bruder und eine Schweſter, die aber
eigentlich nur ein Bierbruder und eine Kaffeeſchweſter waren
und mit ihr umgingen, als ob ſie das Aſchenputtel wäre,
und ihr kein gutes Wort gaben. Das litt die gute Seele eine
Zeitlang ohne Murren, bis ſie vom Herrn Paſtor eingeſegnet
war. Nun, dachte ſie, hab' ich Schuh' und Strümpfe, da
geh' ich in die Fremde, weit weit weg, damit ich meinen
Leuten nicht mehr zur Laſt falle. Aber weil ſie doch einmal
die gute Seele war, brachte ſie's nicht übers Herz, fortzu=
laufen, ohne ihren Geſchwiſtern was davon zu ſagen. Alle
die eingeſegneten Mädchen, ſprach ſie, haben ſich einen Schatz
angeſchafft, und meine Freundinnen ſchauen nicht mehr viel
nach mir um. Ich will ſehen, ob ich auch irgendwo einen
Liebſten finde, oder wenigſtens eine Buſenfreundin. — Ja,
du Zeiſig, erwiderte der Bierbruder, meinethalb magſt du
gehen, wohin du willſt! Aber dein neues Einſegnungs=
kleid laſſ' ich dir nicht; das Bier wird immer theurer.

1*

— Und mir geht der Zucker auf die Neige, und der Kuchenbäcker will nicht mehr borgen, sagte die Kaffeeschwester. Gieb flink deine Schuh' und Strümpfe her! es muß Alles wieder versetzt werden. — Da zogen sie der guten Seele ohne Erbarmen ihre alten Fetzchen wieder an, gaben ihr eine trockne Brotrinde und ließen sie laufen. — Das ging langsam genug; denn alle Augenblick kam ein Käfer über den Weg gekrochen, den konnte sie doch nicht todt treten; oder eine Blume stand durstig oder gar schon halb verschmachtet in der Sonne, da mußte sie geschwind die Hände in den Bach tauchen und ihr ein bischen Wasser ins Gesicht spritzen, daß sie wieder zu sich kam. Das hat man davon, wenn man die gute Seele ist, sagte sie vor sich. Man wird gar nicht fertig.

Nun kam sie in einen Wald, da standen Erdbeeren in Fülle, und sie labte sich recht daran. Sie werden doch gepflückt, entschuldigte sie sich dabei, ob ich sie esse oder ein Anderer. Dann setzte sie sich, weil ihr die Füße weh thaten, holte ihr Tagebuch heraus und beschrieb ihre bisherigen Reise-Abenteuer, und wie sie damit fertig war, fing sie an zu singen, und das klang recht ordentlich so, als ob eine gute Seele sänge:

Der Tag wird kühl, der Tag wird blaß,
Die Vögel streifen übers Gras;
Schau, wie die Halme schwanken
Von ihrer Flügel Wanken,
Und leise wehn ohn' Unterlaß.

Und Abends spät die Liebe weht
Ob meines Herzens Rosenbeet.
Die Zweige flüstern und beben,
Und holde Gedanken weben
Sich in mein heimlich Nachtgebet.

Du fernes Herz, komm zu mir bald,
Sonst werden wir beide grau und alt,
Sonst wächst in meinem Herzen
Viel Unkraut, Dorn und Schmerzen, —
Die Nacht wird lang, die Nacht wird kalt!

Wie sie aufsah, gewahrte sie eine große Tafel am Wege, auf der stand: Reitweg. Ach Gott, sagte sie, da muß ich nur wo anders gehn; der arme Weg wird ohnehin genug von den Hufschlägen zu leiden haben; was soll ich noch mit meinen spitzen Füßen drauf herumstapeln! Kaum hatte sie das gesagt, so hörte sie Einen daherreiten im Schritt, eine prächtige zerrissene Fahne in der Faust, denn es war der schwarzbraune Fähnrich mit dem wunderschönen Schnurrbart. Wie den die gute Seele sah, blieb sie stehn, faßte an ihr Herz und sagte: Ach Gott, ich glaube, eben verliebe ich mich. Der Fähnrich aber ritt heran und sagte: Liebe gute Seele, wo geht der Weg nach Weibertreu? — Darauf antwortete die gute Seele: Lieber schwarzbrauner Fähnrich, es ist ganz nah, vom Pferd herab, drei Schritte zu mir, dann ein bischen gebückt, weil ich eine gar zu kleine Person bin. — Ei was! sagte der Reiter, versteh mich recht; ich meine das Dorf Weibertreu, das eine Stunde südlich von Herzensheim liegt. — Da weiß ich den Weg wahrhaftig nicht, erwiderte die gute Seele, aber sag, schwarzbrauner Fähnrich, willst du nicht mein Schatz sein? Siehst du, ich bin längst eingesegnet und habe noch keinen und auch keine Busenfreundin. — Wie Der zu Roß das hörte, fing er an zu lachen, drehte seinen Schnurrbart und sang im Fortreiten:

Nun stehn die Rosen in Blüte,
Ein Netz wird bald gewoben sein.

Mein flatterhaft Gemüthe,
Dich fangen sie nicht ein.

Und blieb' ich Aermster hangen
In dieser jungen Rosenzeit
An schönsten Rosenwangen,
Meine Jugend thäte mir leid.

Ich mag nur lachen und singen,
Durch blühende Wälder schweift mein Lauf;
Mein Herz will sich erschwingen
Bis in die Wipfel hinauf.

Wie die gute Seele den Fähnrich so schnöde davonreiten sah, ging sie auch traurig mitten in den Wald hinein und seufzte dabei: Ach, er hat doch einen gar zu schönen Schnurrbart! Wo krieg' ich nun geschwind so einen Schatz wieder! Indem sie ganz schwermüthig darüber nachdachte, begegnete ihr ein Mann mit einem sehr erhitzten Gesicht in einer Wirthsjacke mit einer Küferschürze, der einen großen Bären am Strick führte. Guten Tag, gute Seele, sagte er. Hast du nicht den schwarzbraunen Fähnrich reiten sehn? Ich bin der Wirth von der Waldschenke, und der Sausewind ist bei mir eingekehrt und hat diesen Bären bei mir angebunden und ist dann auf und davon, ohne die Zeche zu bezahlen. Nun brummt die Bestie mir die Ohren voll und giebt keine Ruhe, bis ihr Herr sie wieder auslös't. — Ach Der! sagte die gute Seele, der ist nach dem Dorf Weibertreu geritten, das eine Stunde südlich von Herzensheim liegt. — Danke schön, erwiederte der Wirth. Nun will ich dir aber auch einen Gefallen thun. Gehe noch ein Weilchen, bis wo der Wald hell wird, da wirst du eine Hütte finden, in der wohnt die Busenfreundin. — So ließ er die gute Seele auf einmal allein und wartete ihren Dank gar nicht ab. Die aber war wie im siebenten Himmel, lief, was sie konnte, und kam richtig an die lichte Stelle, wo das Hüttlein stand. Da klopfte sie höflich an, und drinnen rief's: Nur immer herein, du gute Seele! Das ließ sie sich nicht zweimal sagen und fand innen wahrhaftig die Busenfreundin, die ihr gleich einen Kuß gab und sagte: Dein bis in den Tod! — Und drüber hinaus bis in alle Ewigkeit! fügte die gute Seele hinzu, und die Busenfreundin sagte: Ja freilich!

Nachdem sie einander recht das Herz ausgeschüttet und Jede der Andern ihr Tagebuch vorgelesen hatte, zeigte die Busenfreundin der guten Seele all ihre Siebensachen. Nun war das Hüttchen gar eng, und stand nur Ein Tisch und Ein Stuhl und Ein Bett darin, aber ein großer, großer Schrank mit Glasscheiben, der war ganz voll von Stammbüchern, alle in rothem Sammet mit Goldschnitt. Da setzten sich die Beiden hin, Jede nahm ein Stammbuch, und so schrieben sie den halben Tag lang Stammbuchverse; zum Exempel: Nie verlösche die Flamme der Freundschaft! oder:

> Rosen und Nelken,
> Alle Blumen welken,
> Aber meine Liebe nicht;
> Lebe wohl, vergiß mein nicht!

und noch eine Menge andrer. Zu Mittag aßen sie nur eine Milchsuppe und schrieben dann eilig weiter, denn es waren noch so sehr viel leere Stammbücher im Schrank, und sie hatten Beide noch das Herz so voll.

Plötzlich hörten sie draußen Pferdegetrappel, und die gute Seele sah zum Fenster hinaus und erblickte den schwarzbraunen

Fähnrich auf seinem Pferd. Ach Gott! seufzte sie, denke nur, liebe Busenfreundin, in Den habe ich mich vorhin verliebt, und er mag mich nicht! Die Busenfreundin hatte den schmucken Reiter mit dem wundervollen Schnurrbart wohl bemerkt und sagte ganz gelassen: Er würde auch nicht für dich gepaßt haben. Damit stand sie auf und trat zur Hütte hinaus. Die gute Seele blieb traurig sitzen und schrieb weiter:

Heiter und helle
Riesle die Quelle
Deiner dich ewig liebenden guten Seele!

horchte aber immer hinaus. Da hörte sie, wie die Busenfreundin sagte: Den Weg nach Weibertreu, das eine Stunde südlich von Herzensheim liegt, kenne ich wohl. Ihr müßt mich nur aufs Pferd heben, dann will ich Euch schon hinbringen. — Indem hatte die gute Seele eben geschrieben:

Schönheit vergeht,
Tugend besteht.
Zum Andenken an deine dich ewig liebende — —

Busenfreundin! rief sie hinaus, warum kommst du denn nicht wieder? — Weil ich Geschäfte habe, gute Seele! — Indem saß sie schon bei dem schwarzbraunen Fähnrich hinten auf dem Sattel und schlang ihre Arme um ihn. Von fern aber hörten sie jetzt ein heftiges Bärengebrumm, und die gute Seele rief hinaus: Ach, Busenfreundin, komm geschwind herein und bringe den schwarzbraunen Fähnrich mit, denn der Bär hat es auf ihn abgesehen, und ich sei, gewährt mir die Bitte, in eurem Bunde die Dritte. — Aber draußen hörte sie schon den Hufschlag sich entfernen und lief ans Fenster und rief

hinaus: Ach, Busenfreundin, ist das deine Treue? Und was
soll ich nun anfangen hier so allein? — Die Ungetreue
aber rief ihr schon aus der Ferne zu: Stammbuchverse schreiben, gute Seele! All meine Stammbücher schenk' ich dir,
und jetzt lebe wohl, und

> Wirst du einst an deine Freunde denken,
> Denke auch an mich zurück.
> Wirst du ihnen Stunden schenken,
> Schenke mir nur einen Augenblick!

Der schwarzbraune Fähnrich aber schwenkte die Fahne
und sang:

> Mein Herzblut geht in Sprüngen,
> Mein Rößlein geht im Trab.
> Hurrah! welch lustig Reiten,
> Wildfremdes Land zur Seiten;
> Muß Alles mir bezwingen,
> Was sich nicht selbst ergab.
>
> Die Fahn' im Windeszuge
> Die flattert auf und ab.
> So reiten wir durchs Leben,
> Bis Herz und Glieder beben.
> Bergauf da geht's im Fluge
> Und sachte sacht bergab.

Damit flogen die Zwei in den fernen Forst hinein, und es
war grabstille um die Hütte herum, daß man die Thränen
fallen hörte, die die gute Seele weinte. Die aber hatte auch
nicht länger Ruh und Rast in der Hütte, schrieb nur noch auf
das letzte Blatt eines Stammbuches:

> Wer dich lieber hat als ich,
> Der schreibe sich hinter mich,

und nahm's mit zum Andenken; dann ging sie hinaus und wieder zwischen die Bäume, und fürchtete immer, sie möchte dem Bären begegnen, und seufzte: Ach, lieber wollt' ich, er fräße mich, als den schwarzbraunen Fähnrich oder meine ewig geliebte ungetreue Busenfreundin. Sie kam aber endlich ohne Fährlichkeiten wieder ins freie Feld und begegnete keiner Seele, als einem Ehemann, der an einem langen Bindfaden seinen Hausdrachen steigen ließ. Das war ein sehr hochfahrendes und aufgeblasenes Weib und schnitt oben in der Luft die gräulichsten Gesichter, schrie auch sehr heftig hinunter, ihr Ehemann solle sie nur geschwinde wieder auf die Erde lassen, sie wolle der guten Seele die Augen auskratzen, weil sie so spitzbübisch nach fremden Männern ausschaue, woran sie doch gar nicht dachte. Trotzdem bat die gute Seele für den Hausdrachen; wenn der Bindfaden risse, wär's doch ein halsbrechend Ding, und wie sie noch so bat — pfrr! da riß er wirklich. Der Drache aber brach nicht den Hals, sondern flog über die Wolken hinaus — und weg war er.

Gott habe sie selig! sagte der Ehemann. Endlich muß einmal der stärkste Faden reißen. Jetzt aber heirathe ich dich, gute Seele, wenn du nichts dagegen hast.

Die gute Seele hätte freilich wohl allerlei dagegen gehabt, denn der betrübte Wittwer sah ihrem schwarzbraunen Fähnrich so ungleich, wie ein alter Enterich einem jungen Schwan, hatte auch gar keinen wunderschönen Schnurrbart, dagegen nur sieben Haare auf dem Kopf. Weil er aber gar so erbärmliche Reden führte, daß er nun Niemand zu Hause hätte, ihm zu kochen und zu waschen und die Leere in seinem Herzen auszufüllen, seit sein Hausdrache ihm abhanden gekommen, sagte die gute Seele mit einem Seufzer:

In Gottes Namen! und zog als seine Hausfrau in sein Haus.

Obwohl sie sich nun aber alle Mühe gab und es an nichts fehlen ließ, konnte sie ihm doch auf die Länge nichts recht machen. Vielmehr ging er jede Nacht, die Gott werden ließ, zum Wein, weil er sagte, es sei ihm zu Hause angst und bange, seit eine gute Seele drin wohne, und wenn sie ihm auch noch so getreulich koche und wasche und die Leere in seinem Herzen ausfülle, sei es ihm doch unmöglich, seinen Hausdrachen zu verschmerzen, mit dem er zum Mindesten täglich einen erfrischenden Zank und jeden dritten Tag ein kleines munteres Handgemenge erlebt habe. Dagegen sei mit so einer guten Seele nicht auszukommen vor lauter Verträglichkeit, und das komme wohl daher, weil sie überhaupt zu gut sei für diese Welt.

Ach Gott! dachte die gute Seele, so bin ich es dem Glück meines lieben Mannes wohl schuldig, daß ich mich auf die Strümpfe mache und sehe, wie ich mich ganz sachte aus dieser Welt wieder wegstehlen kann. Wenn ich nur bis dahin komme, wo die Welt mit Brettern vernagelt ist, so find' ich auch wohl ein Thürchen, um hinauszuschlüpfen, und schlimmsten Falls steig' ich über den Zaun.

Also schrieb sie ihrem Mann einen schönen Stammbuch= vers zum Abschied und ewigen Angedenken und ging dann aus dem Haus in die weite Welt und immer weiter und weiter, bis sie an einen hohen Berg kam, der fast bis in den Himmel hinaufreichte.

Da stieg sie langsam hinauf und war dabei recht be= trübt, weil sie immer noch den Zaun nicht finden konnte, um sich aus der Welt zu stehlen, für die sie nun einmal zu gut war.

Oben auf dem Gipfel des Berges stand eine Hütte, und man hörte Einen darin schnarchen. Da wollte die gute Seele schon wieder weg, um den Schläfer nicht zu stören; aber auf einmal kam ein Erzengel durch die Luft daher geflogen, und das war der Michael, der rief: Jacob, Jacob! es ist sieben Uhr! Wie lange wird's heute mit den Sternen? Der Herrgott hat eben das Psalmbuch weglegen müssen, weil's so dunkel ist. — Nach einer Weile kam der alte Jacob richtig herausgewackelt aus der Hütte und hatte ziemlich schief geladen, so daß die Himmelsleiter, die er auf der Schulter trug, gefährlich hin und her schwankte. Laßt einem doch auch sein bischen Ruhe! brummte er; die alten Knochen sind lahm genug. Aber sieh, da ist ja die gute Seele. Ei komm näher, liebes Kind! Warte ein bischen, bis ich oben die Lampen angezündet habe; dann sollst du dein blaues Wunder sehen. Damit drückte er die gute Seele auf ein Bänkchen neben der Hütte, stellte dann die Leiter an die Sterne an, der Reihe nach, und kletterte, für seine Jahre fix genug, hinauf. Dann machte er's, wie es die Laternen=putzer sonst zu machen pflegten, und rutschte ganz bequem wieder herunter; und das that seinen Beinkleidern gar nichts, denn die waren von dem Fell des Schafböckleins, mit welchem er seinen Bruder Esau betrogen hatte. Als oben Alles gehörig brannte, nahm er die gute Seele auf den Rücken und trug sie Huckepack bis in den Himmel hinauf; das war noch eine gute Viertel=stunde höher, als zu den Sternen. Am Himmelsthor aber über=gab er sie dem Thürhüter Sanct Peter, der mit dem Erzengel Michael den neuen Himmelsgast gar freundlich empfing und zu einer Menge kleiner Engel schickte, die auf einer großen Wiese Ringel=Ringel=Rosenkranz spielten. Das waren die Seelen von lauter unmündigen Kindern, die noch nicht gesündigt hatten, bei denen wurde sie nun als Engelsbonne oder Seelengärtnerin angestellt und bekam ein Paar schöne große Flügel und eine rosenfarbene Schürze. Nun kann Jeder denken, wie froh sie in ihrem ewigen Leben war, und daß sie geschwind all ihre Stammbuchblätter vertheilte.

So lebte die gute Seele alle Tage in lauter Freuden und lernte sehr schön Choral singen und in ihren Mußestunden Sternschnuppen aus Goldpapier schnitzeln. Ihren Bierbruder und ihre Kaffeeschwester sah sie nicht wieder, weil die nicht in den Himmel kamen. Aber einmal, als sie gerade am Himmelsfenster stand und hinunterschaute, sah sie die Busenfreundin an einem langen Bindfaden in der Luft schweben; denn sie war auch ein Hausdrache geworden und sehr hochfahrend, und unten stand der schwarzbraune Fähnrich mit dem wundervollen Schnurrbart und ließ sie steigen. Hui! da kam plötzlich eine Windsbraut angeflogen und entführte die Busenfreundin hoch in die Luft, und der schwarzbraune Fähnrich hielt sich an dem Bindfaden fest und flog seinem Hausdrachen immer nach. So schwebten sie zwischen Himmel und Erde und konnten nicht wieder zur Ruhe kommen. Wie die gute Seele das sah, fing sie bitterlich an zu weinen; denn es war doch ihre Busenfreundin. Da trat plötzlich der Herrgott zu ihr heran und sagte: Es hilft dir nichts, gute Seele; es ist ihnen schon ganz recht, und sie müssen noch ein paar tausend Jahre so herumfliegen. Aber wenn du für dich selbst einen Wunsch hättest, würde ich ihn dir gern erfüllen. — Einen Wunsch für mich selbst? sagte die gute Seele. Was meinst du damit, lieber Gott? — Ja so! sagte der Herr. Ich vergaß, daß du die gute Seele bist. — Und da faßte er sie freundlich bei der Hand und führte sie hin, wo der Vater Abraham saß, und der mußte sie auf seinen Schooß nehmen, und alle Engel klatschten in die Hände, und die gute Seele wurde ganz roth vor Freude und hätte sich gewiß über die große Ehre zu Tode geschämt, wenn sie nicht schon im Himmel gewesen wäre.

# Glückspilzchen.

#### Wie der Pechhansel nach den Fleischtöpfen Aegypti auszieht.

Es war einmal ein kleines flachshaariges Schuster=
jüngelchen, das die Dorfbuben den Pechhansel
nannten, obwohl sein richtiger Taufnamen ein gar
schöner war, nämlich Johannes. Vater und Mutter hatte er
nicht mehr, die waren alle beide todt. Sein Vormund aber
hatte ihn zum Schuster von Gansdorf in die Lehre gethan
und ihm noch zum Valet und Angedenken eine schöne Zieh=Har=
monica mitgegeben, mit acht Klappen und drei Luftlöchern;
denn er sollte ein ganzer Schusterjunge werden, und ohne
die Harmonica wär' er doch nur ein halber gewesen. Trotz=
dem mochte ihn die Frau Meisterin nicht leiden, denn er
war zuweilen ein bischen grob gegen sie; und den Herrn
Meister konnte er wieder nicht ausstehn, denn der war grob
gegen ihn, und wenn er einen Wasserstiefel verschnitten
hatte oder einen Holzpantoffel, war der Meister nicht faul
hinterher, machte ihm einen warmen Umschlag von Prügeln
über den Rücken, und dann konnte man auf selbigem die
vier russischen Nationalfarben schauen, nämlich braun und
blau und grün und gelb, und die Frau Meisterin, die in
der Küche stand, sagte ganz laut: Schade um jeden Schlag,
der verloren geht!

Hanfel aber, wenn er wieder beim Leiften auf dem Schemelchen kauerte und die hellen Thränen ihm vor Kummer und Aerger aus den Augen liefen, dachte bei fich: Bin ich nicht ein schmucker Bursch, und zu Pfingften werd' ich sechzehn Jahr alt? Und hören mich die Dorfmädel nicht für ihr Leben gern auf der Harmonica spielen? Soll ich mir immer noch den groben Hafelstock auf dem Rücken tanzen laffen? Ja, Kuchen! schloß er jedesmal; aber es blieb dennoch beim Alten, denn draußen lagen Weg und Steg verschneit, und die Winde hielten ein Wettrennen und pfiffen so arg, daß einem alles Ausreißen verging. Da mußt' es Hanfel denn aushalten bei dem Herrn Meifter und der Frau Meifterin, obwohl es bitter kalt war in feiner Kammer und in feinem Magen auch; denn Warmes, wenn's auch nur eine gut geschmälzte Krautsuppe gewesen wäre, bekam der Arme alle heilige Zeit einmal zu koften. Warum war er auch grob zu der Frau Meifterin!

Wie es nun Frühling wurde, heizte ihm zwar die Sonne feine Kammer gar behaglich ein, und der Kirschbaum, der gerade davor ftand, hing voll schneeweißer Blüten, aber mit der Frau Meifterin ihrer Koft fah's nicht beffer aus. Das kam daher, daß ihr Mann ftatt des Pfriemen Hacke und Schaufel in die Hand nahm und auf fein bischen Acker ging, um fein Kraut und feine Rüben zu pflanzen. Denn die Dorfleute ftellten Schuh und Stiefel in den Kaften und gingen mit splitternackten Füßen umher in dem lieben Sonnenschein. Wer aber keine Schuh' trägt, zerreißt keine, und an dem hat der Schufter fein Recht verloren und des Schufters Hanfel auch. Die Frau Meifterin aber dachte: Wozu füttern wir den Faulenzer? — Denn vom Ackern und

Pflanzen verstand er nichts, weil er aus der Stadt war, und wollte auch nichts anderes sein, als ein ganzer Schuster= junge; das hatte ja auch sein Herr Vormund gewollt. Er lief also den ganzen Tag mit der Harmonica im Walde herum und spielte sich Hunger und Kummer weg. Zuweilen saß er auch daheim und las. Nun war freilich nur ein einzig Buch im Hause, eine alte vergriffene Bibel; in der blätterte er hin und her, und die Bilder gefielen ihm über die Maßen, aber die Geschichten nicht minder.

Eines Tages aber, wie er über dem zweiten Buch Mose war, welches von Aegyptenland handelt und vom Auszug der Kinder Israel, wurde er plötzlich ganz tiefsinnig und saß eine Stunde und dachte nach. Dann klappte er das Buch zu, packte seine paar Habseligkeiten zusammen in ein Bündel und trat marschfertig in die Küche zur Frau Meisterin. Die machte ein verwundertes Gesicht, wie sie hörte, es gefalle dem Hansel nimmer bei ihr und er wolle fort und nach den Fleischtöpfen Aegypti wandern. Denn, sagte er, das ewige Schmachtriemenschnallen bringt einen ganz von Kräften, Frau Meisterin, und Ihre Brodrinden und kalten Kartoffeln haben mich auch nicht fett gemacht, daß Sie's nur weiß! Adjes also, und empfehl' Sie mich dem Meister. — Damit machte er linksum Kehrt und lief, was er nur konnte, zum Hause hinaus und das Dorf hinab, daß die Hühner und Gänse kaum Zeit hatten, ihm Platz zu machen. Denn er hatte Angst, daß der Meister ihn einholen möchte und seine Glieder so zurichten, daß nicht Viel damit anzufangen wäre, am wenigsten eine Reise nach den Fleischtöpfen Aegypti.

Der Meister kam aber nicht, sondern ein Dorfbirnchen über das andere. Denn wie sie den Hansel reisefertig vor=

beimarschiren sahen, ließen sie Alles stehn und liegen und liefen
ihm nach; sie wollten ihn alle gern noch einmal spielen
hören.  Kommt nur mit bis ins Wäldchen, sagte er; hier darf
ich nicht, sonst hört mich der Meister; denn er soll's nicht
wissen, daß ich nach den Fleischtöpfen Aegypti wandere.
Jesus! riefen die Mägdlein, so grausam weit!  Der Hansel
aber machte eine wichtige Miene und sagte:  Am Ende noch
weiter, in die Türkei oder zu den Buschmännern.  Die Welt
soll schon noch von mir zu hören kriegen! — Da kicherten sie
unter einander und flüsterten:  Der Hansel ist irre; er wird
Tollbeeren geschluckt haben!

Wie sie nun im Wäldchen waren, lehnte er an
einen Baum, nahm die Harmonica aufs Knie und fingerte
ihnen einen Hopser vor, daß sie's Tanzen nicht lassen
konnten, sondern einander umfaßten und immer um die
Bäume herum durch Dick und Dünn zu springen anhoben.
Als sie endlich alle keinen Athem mehr hatten, kamen sie gelaufen
und baten ihn noch um was Schmachtendes.  Da spielte er das
schöne Lied: „Du du liegst mir im Herzen," und das war so
herzbrechend, und jeder Ton zitterte so schmachtend und besperat,
daß die Vögel in den Büschen ganz verdutzt wurden und
selbst zu schluchzen und zu seufzen anfingen.  Die Mädchen
aber waren noch viel gerührter, gaben dem Musikanten jede
die Hand und gingen mit den Schürzen vorm Gesicht
heim.  Hansel aber brach einen blühenden Zweig ab, steckte
ihn auf die Mütze und sang und spielte im Weitergehen:

> Zu Halle an der Saale
> Da hat mir's nit gefalle,
> Weil da der Handwerksbursch
> Gar zu viel leiden muß
> Von wegen den Herrn Studiosibus.

Nachher jedoch ließ er das Singen, und pfiff lieber; denn er wollte ein ganzer Schusterjunge sein, und die pfeifen bekanntlich.

Wie er nun aus dem Wäldchen wieder herauskam auf die große Landstraße, stand er auf einmal still und hörte mitten in einer Melodie auf. Zum Kuckuk! dachte er, bin ich doch ein rechter Holzleisten! Laufe da weg und weiß den Weg nicht. Geht's nun rechts oder links? Nach einigem Besinnen ging er doch links; denn rechts mußte man nach der Stadt gelangen, wo der Vormund wohnte, und da wäre er mit dem Wandern schön angekommen. Also wandte er sich links, spielte das Lied gerade da weiter, wo er aufgehört hatte, und der Kuckuk und die Frösche und Heimchen zu beiden Seiten des Weges sangen zweite und dritte Stimme, daß den Lerchen droben vor dem Concert angst und bange wurde.

Da begegnete Hansel einem alten Mann mit schlohweißem Kopf, der wie unsinnig am Wege hin und her sprang, als ob er Jagd auf etwas am Boden machte. Als er den Buben daherkommen hörte, richtete er sich auf und trocknete sich die Stirn. Grüß' Gott, alter Vater! sagte der Hansel. Was treibt Ihr da? Ihr springt ja wie ein Milchlämmchen. — Ach du lieber Heiland! erwiderte der Alte, muß wohl, muß wohl! Ich fange Grillen, lieber Sohn; das ist ein schlimmes Geschäft für so einen alten Rücken. Sieh, der Topf da ist erst halb voll, und ich bin schon geschlagene vier Stunden fleißig gewesen. — Was wollt Ihr aber damit? fragte Hansel weiter; 's ist doch ein kurioses Handwerk. — Noth bricht Eisen, mein Sohn, sagte der Alte. Ich bin mein Lebtag Kegeljunge gewesen drüben in Hahndorf, und habe eine Frau

ernährt und sieben ungezogene Kinder. Nun haben sie mich abge=
setzt, weil mir die Hände zittern und ich manchmal die Kegel schief
gestellt habe, und da sitz' ich nun und meine sieben Würmer
haben kein Brod. Was soll ich anders thun, als Grillen fan=
gen? — Wenn's so ist, sagte der Hansel, da wißt Ihr mich
wohl auch nicht nach den Fleischtöpfen Aegypti zu weisen,
alter Vater? — Ich dächte, mein Sohn versetzte der Alte, in=
dem er den Finger an die Nase legte, du gingest am besten direct
nach Rom; alle Wege führen ja dahin, da kannst du gar nicht
fehlen, und von da laß dich übersetzen und frag dich weiter
durch. Die Fleischtöpfe müssen so in der Gegend der Pyra=
miden stehen, es wird's dir jedes Kind sagen. — Dank' schön,
sagte Hansel, und behüt' Euch Gott, und wenn ich wieder=
kommen sollt', bring' ich Euch und Euren sieben Würmern
einen Fleischtopf mit, wenn sie ihn durchlassen an der Grenze.
Adjes, Vater! — Gute Reise, mein Sohn!

## Zweites Kapitel.

### Wie Hansel eine lustige Reisegesellschaft findet.

So zog der Hansel pfeifend und spielend weiter und war
von Herzen froh, daß er doch nun den Weg wußte. Nun
war's schon hoch am Tage, und ein gar appetitlicher kleiner
Hunger meldete sich. Wenn doch nur ein paar vornehme
Reisekutschen kämen, damit ich mir was zusammenfechten
könnte! seufzte er heimlich. Es kam aber nichts der Art, und
die Zwetschen am Wege waren noch nicht reif, und die Buch=
eckern vom vorigen Jahre gaben nicht sehr aus. Da fiel

dem armen Hansel das Herz in die Hosentasche; er fuhr mit der Hand unter die Mütze, stand still und wollte eben Salzwasser spendiren, als er hinter sich Einen singen hörte:

Und die Waldsteige sind dunkel,
Und die Bäume wehn kühl.
Ueberm Felde da funkelt
Die Sonne so schwül.

Wer ein'n Schatz hat im Sommer
Und herzen ihn möcht',
Zum Walde nur komm' er;
Da find't er's nit schlecht.

Die Lieb' und die Sonne
Die sind allebeide schwül,
Und allebeid' auf Einmal
Das brennt gar zu viel.

Hansel sah noch halbweinerlich um nach dem Sänger, aber wie er dessen sonderbaren Aufzug gewahrte, war's mit seiner Trübseligkeit zu Ende. Es kam nämlich ein langer dünner junger Mensch auf ihn zu, ein graues Hütchen auf dem Kopf und einen Schnurrbart auf der Oberlippe, an dem die gute Hoffnung das Beste war. Gepäck hatte er keins; aber ein kleines schwarzhaariges Mägdlein trug er auf der Schulter, mit Augen so schwarz wie die Heidelbeeren und schlanken Gliedmäßchen, um welche ein blaues Kleid flatterte. Sie trug eine große Puppe im einen Arm, und den andern hatte sie um den Kopf des Langen geschlungen, damit sie fest säße. Beide nickten dem Hansel freundlich zu und der Lange sagte: Werther Schusterjunge, wohin des Weges? — Nach den Fleischtöpfen Aegypti, erwiderte er. — Es ist just nicht unser Weg, sagte der Lange darauf. Aber der guten Gesellschaft zu Liebe wollen wir eine Strecke zusammen wandern, wenn dir's recht ist, und setz nur deine Mütze wieder auf, daß du keinen Sonnenstich weg hast, ehe du's merkst; brauchst auch keinen absonderlichen Respect vor uns zu haben. — Wer seid ihr denn eigentlich? fragte Hansel, indem sie weitergingen. — Ich bin nur ein simpler Poet, gab der Lange zur Antwort, und die kleine leichte Mamsell da oben ist meine Schwester und heißt Glückspilzchen. Nun hör aber nur, weßhalb wir auf Reisen sind. Ich sitze da gestern Nacht in der Schenke und trinke mir einen kleinen Glanz in Maiwein. Da kommt mir plötzlich ein Gedicht an, daß ich halsüberkopf nach Haus laufe und denke, du willst es gleich warm niederschreiben. Nun war die Nacht kühl, und mir verging unterwegs das Feuer ein bischen; ich ließ mich's aber wenig schmerzen, komme in meine Stube und lange nach dem Kleiderschrank hinauf, wo mein Männchen aus Tannenzapfen steht, das die Streichhölzer auf dem Rücken trägt; das sollte mir wieder zu Feuer verhelfen. Der Spitzbub' war aber weg, und weil die Thür offen stand, merkte ich's gleich, daß er davongelaufen war in den Wald hinaus. Ich hab's ihm lange vorher am Gesicht angesehn, daß er Heimweh hatte. Weil ich ihn aber nicht entbehren kann und ein Poet ohne Feuer nicht fertig wird, mußte ich gern oder ungern wieder in die Nacht hinaus und ihm nach.

So war ich kaum zwei Gassen weit gegangen, da sah ich so ein kleines Pflänzchen auf mich zu hüpfen, und der Mond schien hell genug, daß ich Glückspilzchen erkennen konnte, die bei den drei Tanten wohnt. Du Wetterkind, sagt' ich, wo willst du hin in der späten Nacht? Marsch, mache, daß du heim kommst! — Ach höre nur, rief das wilde Ding, die Pedanterliese, meine böse Schwester! da hat sie mir die Puppe wegnehmen wollen, meine Käke, die mir die Tante geschenkt hat, und sagte, ich sei schon viel zu groß, um noch mit der Puppe zu spielen, und wie ich sie nicht hergeben wollte, ist sie bitterbös geworden, noch viel erzböser, als sie gewöhnlich ist. Ich habe die halbe Nacht im Bette gelegen und geweint, und die Käke hat auch geweint, denn sie will von der Pedanterliese nichts wissen. Zuletzt aber bekam ich eine so gewaltige Angst, daß ich ganz leise aufgestanden bin, meine Sparbüchse mit den blanken Dreiern in die Tasche gesteckt habe und husch zum Hause hinaus. Und nun will ich nicht mehr zurück, und du mußt mich beschützen. — Mich jammerte es, wie ich Glückspilzchen und die Käke weinen sah, und weil. ich, wie gesagt, ein bischen beglänzt war vom Maiwein, tröstete ich sie, sie solle gutes Muths sein, wir wollten zusammen fort. Da hab' ich sie auf die Schulter gehoben, und so sind wir die Nacht durch gewandert und in den Tag hinein, bis wir dich gefunden haben, geliebter Schusterjunge!

Glückspilzchen drückte ihre Puppe fester an sich und sagte mit einer ganz feinen Stimme: Ach ja, Hansel, meine Schwester solltest du kennen. Immer strickt sie und liest und zankt mich aus, wenn ich ein bischen mit der Puppe spiele oder im Garten herumlaufe. Und dann verklagt sie mich bei Tante Buchstabiria oder Tante Strickestrümpfchen, und ich werde gefitzt. — Weine nur nicht, sagte der gute Hansel; ich spiel' dir auch was vor auf der Harmonica. Da wurde Glückspilzchen ganz fröhlich, holte ihre Sparbüchse heraus und klapperte mit ihren Dreiern den Takt dazu, während Hansel spielte und der lange Poet folgendes Lied sang:

Ein Bruder und eine Schwester
Nichts Treueres kennt die Welt.
Kein Goldkettlein hält fester,
Als Eins am Andern hält.

Zwei Liebsten so oft sich scheiden,
Denn Untreu geht im Schwang;
Geschwister in Lust und Leiden
Sich halten ihr Lebelang.

So treu, als wie beisammen
Der Mond und die Erde gehn,
Der ewigen Sterne Flammen
Alle Nacht bei einander stehn.

Die Engel im himmlischen Reigen
Frohlocken dem holden Bund,
Wenn Bruder und Schwester sich neigen
Und küssen sich auf den Mund.

Und als er das gesungen hatte, bog sich Glückspilzchen herunter und wäre beinah auf die Erde geglitten; aber er fing sie auf in seinen Armen, und sie küßte ihn dreimal auf den Mund, weil ihr das Lied gefallen hatte; dann kletterte sie wieder auf seine Schulter hinauf und saß droben und spielte mit der Puppe. Hansel aber sagte: Was mich wundert, ist, daß Ihr eine so volle und tiefe Stimme habt, und seid doch so dünn und hoch. — Ja, sagte der Poet, ich habe mein Lebtag hoch hinaus gewollt, und daß ich so schmächtig bin, kommt daher, weil ich so oft abgezeichnet worden bin von Tante Schönekünstchen; da ist zuletzt nicht mehr viel an mir geblieben. — Ich bin auch ein mageres Hechtlein; das kam aber von der schlechten Kost der Frau Meisterin, versetzte Hansel. Uebrigens seh' ich dahinten eine einsame Schenke; wärt Ihr wohl so gut, für mich auszulegen? — All mein Geld hab' ich zu Hause in meinem braunen Ueberrock stecken lassen, sagte der Poet. Wir müssen bei Glückspilzchen ihrer Sparbüchse eine Anleihe machen. Du hast doch nichts dagegen, Schwesterchen? — Die Kleine schüttelte lachend den Kopf und reichte ihm ihre blanken Dreier herunter, die er freundlich nickend in die Tasche steckte.

Während dem Allen waren sie zu dem einsamen Häuschen gekommen, das aber in der Nähe nicht wie eine Schenke aus=sah; denn es hatte kein Schild über der Thür, auch keinen grünen Busch davor. Innen aber schien eine lustige Gesellschaft zu hausen und zu schmausen, denn man hörte Gläser klingen und Gabeln klappern, und die drei Wandersleute vor der Thür wurden davon noch einmal so hungrig. Aber der Poet war nicht faul, klopfte kecklich an die Thür, und als Einer kam und fragte, wer draußen sei, antwortete er:

> Ein Poet mit fixem Züngelchen
> Und Glückspilzchen, das feine Dingelchen,
> Auch ein blondes Schusterjüngelchen;
> Müde sind wir alle Drei,
> Ganz verschmachtet auch dabei.
> Wollt uns tränken drum und speisen,
> Eh wir fröhlich weiter reisen,
> Zahlen euch mit Liederkunst
> Und begehren nichts umsunst.

Darauf hörten sie, wie ein Riegel zurückgeschoben wurde, und ein wunderhübsches Mädchen öffnete ihnen. — Willkommen! sagte sie überaus freundlich, und tretet nur näher. Des alten Vogelstellers Sohn hält Hochzeit mit des alten Gärtners Tochter; die Musikanten sind leider ausgeblieben; da kommt ihr gerade recht, uns Musik zu machen und hübsche Reime zu sagen. Nachher wär' ohnedies aus dem Tanzen nichts geworden. — Da sprang Glückspilzchen dem schönen Mädchen in die Arme; die trug sie ein paar Stufen hinauf, und sie traten allzusammen in den Hochzeitssaal.

## Drittes Kapitel.

### Was ihnen auf der Hochzeit begegnet.

Das war aber ein stattlicher Saal; denn inwendig war das einsame Haus viel größer, als von außen. Es war so mit Blumen geschmückt, daß man fast nichts sah von den Wänden, und oben an der Decke hingen eine Menge Vögel in Käfichen, die das Laub fast verbarg, und das gab eine schöne Tafelmusik. Die Eintretenden hatten jedoch kaum Zeit, einen flüchtigen Blick auf all die Herrlichkeiten zu werfen; denn schon hatte sie das schöne Mädchen zu dem jungen Paare geführt und Glückspilzchen, den Poeten und den blonden Hansel vorgestellt. — Habe ich doch schon immer einmal einen Poeten zu sehen gewünscht, rief die Braut ganz vergnügt, und nun kommt gerade einer zu meiner Hochzeit. Ihr seht ja aber ganz aus wie ein gewöhnlicher Mensch, nur daß Ihr so ungewöhnlich lang und unmenschlich schlank seid. Aber nun müßt Ihr mir gleich einen Vers machen und zum Tanz aufspielen.

Laß sie doch erst etwas essen! fiel das schöne Mädchen ein; die armen Leute sind ganz ermattet und hungrig. Damit führte sie die Drei an das Trompetertischchen in der

Ecke, das unbesetzt war, weil die Trompeter und die andern Musikanten ausgeblieben waren, und da konnten sie sich erlaben nach Herzenslust.

Unterdessen kam das junge Volk, lauter Vogelstellerbursche und Gärtnermägdlein, und sah ihnen zu; denn sie waren neugierig zu wissen, wer die wunderliche Gesellschaft sei. Da sputete sich der lange Poet mit dem Essen, schenkte sich dann vom Frischen ein und trat mit dem vollen Glase vor das Paar. Darauf ward Alles ringsum still, und der Poet sprach folgenden Vers:

Gärtnerin, von allen Vögeln
Fingst du heut den schönsten ein.
Vogler, unter allen Arten
Blumen in dem Erdengarten
Ward die wundersamste dein.

Vogler, mußt dein Blümlein hüten,
Daß sich's recht ans Herz dir schmiegt:
Gärtnerin, des Vogels pflege
Und ihn warm am Busen hege,
Daß er nicht von dannen fliegt!

Jedes mag vom Andern lernen,
Was das Herz beglücken kann:
Auf der Erde froh zu blühen
Und nach allen irb'schen Mühen
Sich zu schwingen himmelan!

Es lebe das edle Paar! Vivat hoch! rief der Poet, und Alle stießen jubelnd mit den Gläsern an und waren guter Dinge. Die Braut aber konnte des Danks und Lobes kein Ende finden über die schönen Verse und hätte sie sich gar zu gern ins Stammbuch schreiben lassen. Der Poet aber entschuldigte sich, er habe sie schon wieder vergessen, weil sie aus dem Stegreif gedichtet wären; auch sei nicht viel daran; er könne es weit besser, wenn er nur sein Feuerzeug habe, dem er eben nachlaufe. Nun solle sich die Gesellschaft aber etwas vortanzen lassen von seiner kleinen Schwester Glückspilzchen, und der blonde Schusterjunge werde dazu aufspielen. — Freilich, das waren Alle zufrieden, rückten die Tische beiseit, und Jeder suchte sich seinen Schatz und setzte sich mit ihm an ein heimliches Plätzchen, und wer keinen Schatz hatte, saß allein. Der Poet aber gab Glückspilzchen ihre Kupferdreier wieder in die Büchse, damit sie etwas zu klappern hätte beim Tanzen; dann setzte er sich selbst zu dem schönen Mädchen, das sie herein gelassen hatte, denn die Beiden mochten sich gut leiden, und es war als ob sie alte Bekannte wären, denn sie hatten hinter den Rosengewinden viele heimliche Dinge mit einander zu reden.

Wie nun Glückspilzchen zu tanzen anfing und dabei wieder den Takt mit der Sparbüchse klapperte und der Hansel seinen allerschönsten Hopser spielte, da konnte man sein blaues Wunder sehn. Denn sie tanzte so allerliebst, daß sie Allen die Köpfe verdrehte und die Liebespärchen, die Brautleute an der Spitze, nicht lange sitzen blieben, sondern lustig mit drauf los walzten; aber es konnt' es Keiner so gut. Auch der lange Poet hatte das schöne Mädchen umfaßt und sprang mit seinen dünnen Beinen mitten unter den Andern, und die Vögel oben in den Käfichen stießen sich fast die Köpfe entzwei, so eifrig waren sie, es Glückspilzchen nachzumachen. Die Blumen nickten und schwankten im Takt hin und her, als ob sie sich von den Stengeln losreißen wollten; die Fenster-

scheiben schütterten und das ganze Haus wackelte; aber Glücks=
pilzchen tanzte doch besser, als Alle.

Da ging mit einem Male die Thür auf, und der alte
Vogelsteller und der Vater der Braut, die nebenan geraucht
und kannegießert hatten, traten ganz verbrümmelt in den
Saal. Was ist das für eine tolle Wirthschaft! rief der alte
Vogelsteller. Soll uns das Haus überm Kopf einfallen? —
Da stand Glückspilzchen still und plötzlich auch all die An=
dern, und der blonde Hansel hörte auf zu spielen. Oben
aber die Vögel lagen mit blutigen Köpfchen und zersträubten
Federn halbtodt und sagten kein Pieps mehr, und die Blumen
waren von dem Schütteln und Schwanken welk und bleich ge=
worden. Wie das die beiden Alten gewahr wurden, erbos'ten
sie sich immer mehr. Wie ist das Hexenpack hier herein ge=
kommen? schrie der alte Gärtner. Hinaus damit! — Und so
schoben sie eifrig scheltend trotz aller Reden und Bitten der
jungen Leute Glückspilzchen, den blonden Schusterjungen und
den langen Poeten zur Thür hinaus.

Draußen war's abendlich und der Thau fiel. Da stan=
den die Drei ziemlich niedergeschlagen; nur der Poet hatte
noch ein bischen Humor übrig. Er hob Glückspilzchen, welche
die weinende Käke tröstete und in Schlaf sang, wieder auf
seine Schulter, summte ein Trutzlied in seinen hoffnungsvollen
Schnurrbart hinein und schritt voran. Der Hansel zottelte wie
im Traum hinterher, und wie die Käke mit Weinen fertig war,
fing Glückspilzchen an und lamentirte ganz herzbrechend. Ach,
was werden die drei Tanten sagen, wenn sie mich nicht finden!
jammerte sie. Und in der Schule, da werde ich so viel Schelte
bekommen, daß ich nicht da bin! — Dem Langen fiel's auch

aufs Herz wegen der Tanten. Daran hatte er nicht gedacht, weil er ein leichtsinniger Patron war, wie die Poeten alle; aber er suchte sein Schwesterchen zu beruhigen und sagte: Die werden froh genug sein, daß sie uns los geworden; und umkehren thu' ich einmal auf keinen Fall, bis ich mein Feuerzeug wieder habe. Weine nur nicht! Ich schreibe dir schon einen Entschuldigungszettel für die Schule. — Da wurde Glückspilzchen ein wenig stiller; aber der Hansel seufzte immerfort: Ach, wann komme ich nun nach den Fleischtöpfen Aegypti! Ich dummer Holzleisten! Warum bin ich von Gansdorf fortgelaufen, wo ich doch Nachts ein Bett hatte und ein Obdach! So klagte er, und alles Zureden des langen Poeten wollte nichts helfen.

Es war nun schon völlige Nacht geworden, da kamen sie in einen großmächtigen Wald, darin das goldene Mondlicht sein Wesen trieb. Der lange Poet ward ganz lustig, als er die prächtigen Eichen rauschen hörte und die schlanken Rehe und Hirsche vorbeiwandeln sah. Er wäre gern die ganze Nacht so herumgestrichen; aber Glückspilzchen war eingeschlafen auf seiner Schulter vor Betrübniß und Angst, da hob er sie sachte herab und nahm sie in den Arm, wollte sie aber nicht aufwecken. Darum legte er sie leise ins Gras gerade unter einer steinalten Eiche, gab ihr die Käfe in den Arm, die auch schon schlief, und deckte sein Hütchen über seiner kleinen Schwester Gesicht, damit kein Käfer drüber weg laufen könnte. Der Hansel hatte sich gleich ins Gras gestreckt und schlief im Umsehn, und der lange Poet mußte endlich auch nichts Besseres, als sich schlafen zu legen. Wie er aber so auf dem Rücken lag und zu dem Monde hinaufsah, fiel ihm eines seiner alten Lieder ein, das sang er ganz

leiſe; denn er konnte nie einſchlafen, ohne was geſungen zu
haben.  Das Lied lautete ſo:

> Waldesnacht, du wunderkühle,
> Die ich tauſend Male grüß',
> Nach dem lauten Weltgewühle
> O wie iſt dein Rauſchen ſüß!
> Träumeriſch die müden Glieder
> Berg' ich weich ins Moos,
> Und mir iſt, als würd' ich wieder
> All der irren Qualen los.
>
> Fernes Flötenlied, vertöne,
> Das ein weites Sehnen rührt,
> Die Gedanken in die ſchöne,
> Ach! mißgönnte Ferne führt.
> Laß die Waldesnacht mich wiegen,
> Stillen jede Pein,
> Und ein ſeliges Genügen
> Saug' ich mit den Düften ein.
>
> In den heimlich engen Kreiſen
> Wird dir wohl, du wildes Herz,
> Und ein Friede ſchwebt mit leiſen
> Flügelſchlägen niederwärts.
> Singet, holde Vögellieder,
> Mich in Schlummer ſacht!
> Irre Qualen, löſ't euch wieder;
> Wildes Herz, nun gute Nacht!

Als er den letzten Ton geſungen hatte, fielen ihm ſacht die
Augen zu, und da hatte er ſich ſelbſt in Schlaf geſungen.

———

## Viertes Kapitel.

### Wie Glückspilzchen gar seltsam gebettet wird.

Wie sie nun eine Weile so gelegen hatten, fing der blonde Hansel auf einmal laut an zu schnarchen, und dann schwatzte er wieder unsinniges Zeug aus dem Traum, als: O ich Pechvogel! Fleischtöpfe! Holzleisten! Sie ist ein knauseriges Weibsbild, Frau Meisterin! O ich Pechvogel! — Davon wachte Glückspilzchen auf, richtete sich in die Höhe und stieß das graue Hütchen vom Gesicht. Sie war recht traurig, denn sie hatte von den drei Tanten geträumt und von der Pedanterliese, und ihre Käke wär' ihr gestohlen worden. Damit war's aber nicht so schlimm; die Käke lag schlafend in ihrem Arm. Es war schaurig und kühl unter den Bäumen, und Glückspilzchen gruselte es vor dem Mondlicht und dem blonden Schusterjungen, der aus dem Schlaf redete. Da stand sie endlich leise auf, legte ihrem Bruder den Hut hin und küßte ihn auf die Stirn. Er mußte es gemerkt haben, denn er sagte halblaut:

> O du Grashupferchen,
> Du Sachtschlupferchen,
> Bleib fein stille liegen,
> Wie's Kindlein in der Wiegen,
> Sonst wirst einen Schnupfen' kriegen!

Glückspilzchen mußte im Stillen lachen, band sich aber doch ihr seidnes Halstuch fester, nahm die Käke unter die Schürze und kletterte behend wie ein Kätzchen den alten Baum hinauf, bis sie den blonden Hansel nicht mehr hörte. Da suchte sie sich einen schönen breiten Ast aus, legte sich zum schlafen zurecht und sprach, bevor sie die Augen schloß:

> Englein mit den Flügeln hold,
> Mit dem Haar aus eitel Gold!
> Wenn ich etwa fallen sollt',
> Seid viel tausendmal gebeten,
> Unten auf das Gras zu treten
> Und die Flügel auszubreiten,
> Daß ich sanft mag niedergleiten.
> Nehmet auch, o seid so gut,
> Meine Käke recht in Hut!
> Daß sich keines Schaden thue,
> Schenkt uns eine sanfte Ruhe.

Und so schlief sie sorglos ein.

Es dauerte gar nicht lange, da ließ sie die Puppe wirklich los, die sie vor dem Einschlafen fest an sich gedrückt hatte, und sie fiel unter ihrer Schürze weg von dem hohen Ast hinab. Ein Glück war's nur, daß Glückspilzchen die Engel gebeten hatte, ein wenig Achtung zu geben; sonst hätte sich die Käke den kleinen Kopf elendiglich an den Eichenwurzeln zerschlagen. So aber fiel sie unter Vergißmeinnicht und Veilchen sanft ins hohe Gras und schlief ruhig weiter.

Nun will ich aber erzählen, wie wunderlich es mit Glückspilzchen zuging während der Nacht. Wie sie nämlich so auf dem Ast der Eiche schwebte, den kleinen Kopf an die Rinde gedrückt, die Aermchen um das Holz geschlungen, kam auf einmal eine ganze Eichkätzchenfamilie dahergehüpft, die zu Besuch gewesen waren bei ihrer Sippschaft und sich auf dem Heimweg verspätet hatten. Ganz lustig und ein wenig bespitzt von dem vielen Eichelschnaps, den sie hatten trinken müssen,

hüpften sie ihres Wegs, obwohl die Nachtwächterin, die Frau
Nachtigall, schon längst die Polizeistunde geflötet hatte. Hie
und da saß noch in einem Vogelnest ein gelehrter Spatz oder
Fink und schaute hinauf nach den Sternen, oder eine Lerche
probirte mit halber Stimme die Arie, die sie morgen beim
Frühconcert singen sollte; sonst war Alles zur Ruhe. Die
Eichkätzchen aber sputeten sich, denn sie hatten den Haus=
schlüssel vergessen, und wenn die alte Großmutter schon schlief,
konnten sie im Freien übernachten. Da kamen sie zufällig
über den Ast, auf welchem Glückspilzchen lag und schlief, und
waren zu Tode verwundert über das zierliche Ding. Nein,
was für ein liebes Thierlein! riefen sie unter einander. Was
sie für hübsche Zöpfe hat und so feine kleine Ohren! Aber
sie ist ganz durchfeuchtet von Thau und fällt am Ende
hinunter, weil sie keine scharfen Nägel hat an Händen und
Füßen! — Da hielten sie eilig Rath und beschlossen, das
schlafende Kind nach ihrer Wohnung zu tragen und die Nacht
über bei sich zu behalten. Vorher fuhren sie ihr mit den
weichen rothen Schwänzchen über Wangen und Stirn und
das blaue Kleid und reinigten sie vom Thau. Dann hoben
sechs der stärksten sie sacht in die Höhe, Zwei schritten voran,
Zwei hinterdrein, und nun ging die Reise behutsam aber ge=
schwind den Ast entlang, und Glückspilzchen lag so weich auf
den Schultern ihrer kleinen Freunde, als wie zu Haus bei
den drei Tanten in ihrem Federbettchen. Der Mond mußte
über den seltsamen Zug lachen, und die Frau Nachtwächterin
wunderte sich auch, aber sie schwieg still, so daß man nichts
ringsum hörte, als die Winde, die in den Wipfeln die Runde
machten, und die leisen Schritte der Eichkätzchen und das
Klappern der blanken Kupferdreier in Glückspilzchens Sparbüchse.

So kamen sie allgemach an den großen, dicken Stamm, in welchem die Eichkätzchen ihr Quartier hatten; die Thür war aber schon geschlossen. Nun klopfte der Vorderste, den sie Springinslaub nannten, gar manierlich an und rief:

> Liebe braune Großmama,
> Deine Enkel sind nun da,
> Bringen dir ein Kind zu Gaste,
> Das da schlief auf unserm Aste.
> Mond scheint kühl und Thau fällt naß;
> Großmama, bedenke das!

Da dauerte es nicht lange, und man konnte innen ein Schlüssel= bund rasseln hören und Jemand husten. Die Thür ging auf, und die alte Eichkätzchengroßmutter ließ die Gesellschaft herein. Sie hatte einen braunen Pelz, der wegen des großen Alters sehr nachgedunkelt war und oft hatte geflickt werden müssen, da= zu eine Pelznachtmütze über Ohren und Stirn. —Landstreicher! brummte sie mit zahnlosem Munde und wollte noch eine lange Gardinenpredigt halten. Wie sie aber Glückspilzchen sah, erheiterten sich ihre Augen; sie fuhr der schlafenden Kleinen mit der Pfote über den Scheitel und küßte ihr das Ohrläppchen. — Und wo soll sie die Nacht bleiben? fragte sie dann. — Die Fremdenstube ist leer, erwiderte Spring= inslaub; da steht das weiche Moosbette, wo sie schlafen kann, bis die Sonne kommt. — Die Alte nickte stillschweigend und ließ ihre Enkel Glückspilzchen hinauftragen, die immerfort schlief. Sie selbst ging in ihre Kammer und holte den Pelz ihres seligen Mannes, der in einem Schränkchen von Nuß= schalen als ein heiliges Andenken hing. Ich muß dem kleinen Gast doch was Besonderes anthun, sagte sie vor

sich hin, als wollte sie's bei dem Schatten des Seligen ent=
schuldigen. Darauf stieg sie die Treppe hinauf ihren Enkeln
nach, die unterdeß ihren Fund sorglich niedergelegt, auch das
Fenster verhängt hatten, damit der Mond dem Kinde nicht
gerade in die Augen scheinen und es am Ende wecken möchte.
Die alte braune Großmama aber deckte ihr den Pelz über
die Füße und gab ihr eine Haselnuß in jede Hand, weil das
Glück bringt nach dem Eichkatz=Glauben. Dann küßte ihr
Eins nach dem Andern das Ohrläppchen, und Alle schlüpften
zur Thür hinaus.

### Fünftes Kapitel.

Wie Glückspilzchen ihre Nachtherberge verläßt und mit der
Frau Bösgewissen Bekanntschaft macht.

Die Waldvöglein in Zweigen
Stehn singend auf beizeit,
Derweil noch schlafen und schweigen
Der Menschen Lust und Leid.

O Wunder und o Wonne,
Nach Nächten, stumm und bang,
Zu grüßen die liebe Sonne
Mit frohem Lied und Klang!

Zu schweben und zu schwanken
Hoch oben im lichten Blau'n,
Zu trösten die Müden und Kranken,
Die drunten auf Träume bau'n;

Und zu rufen hinab in die Lande:
Wacht auf nun, nah und fern!
Es kommt in des Frühroths Brande
Ein neuer Tag vom Herrn.

Wohlauf denn und frisch gesungen,
Ein Jedes nach seinem Brauch!
Ist's nur von Herzen erklungen,
Gefällt's dem Himmel auch.

So ungefähr sang die Lerche, die beim Morgenconcert die erste Stimme trillerte; es war nur Alles noch viel besser und fröhlicher, so herzerwecklich, daß man's gar nicht mit bloßen Worten wiedergeben kann, und die andern gefiederten Sänger thaten auch ihr Bestes und sangen ganz ohne Fehler vom Blatt. Da stand auch die Sonne bald auf, wischte sich die Nebel vom Auge und hielt nicht länger mit ihrem goldnen Schein hinterm Berg.

Glückspilzchen aber, wie es auffuhr aus dem Schlaf, wußt' es erst gar nicht, wo es war; denn daß ihr Schlafkämmerchen in einer alten hohlen Eiche stecke, fiel ihm nicht ein. Das Morgenlicht drang spärlich durch ein rundes Astloch herein, das die alte Base Spinne aus Gefälligkeit mit einem Netz überzogen hatte, daß es wie eine Glasscheibe glitzerte, wenn die Thautropfen daran hingen. Davor aber hatten die Eichkätzchen gestern Nacht ein großes Blatt geheftet, um den Mond abzuwehren, so daß eine halbe Dämmerung im Innern war. Da bekam Glückspilzchen rechte Furcht, und wie sie ihren Bruder, den langen Poeten, nicht fand, auch die Käse nicht mehr im Arm hatte, setzte sie sich wieder auf das Moosbettchen, nahm die Schürze vors Gesicht und weinte bitterlange Zähren; denn von der Thür fand sie auch keine Spur, weil die Fugen in der Rinde nicht bemerkbar waren. Sie hatte aber kaum ein paar Dutzend Thränen geweint, da ging die Thür auf, und Springinslaub trat herein und hinter ihm die alte Großmama, die trug auf einem Brettchen den wundervollsten Eichel=

kaffee in Wallnußschalen und die reifsten Erdbeeren, die ihre
Enkel schon in aller Frühe im Walde gesucht hatten. Glücks=
pilzchen hörte plötzlich auf mit Weinen, denn sie verwun=
derte sich gar zu sehr über den zierlichen Besuch. Die alte
Eichkätzchengroßmama aber setzte sich freundlich und liebreich
neben sie und erzählte ihr, wie sie gestern von ihren Enkeln
hereingebracht worden sei, und sie solle nur bleiben, so lange
sie wolle, und sie würden's ihr schon angenehm machen. Das
hörte das Kind wie im Traum, ließ sich von der Alten und
den Andern, die nach und nach alle Visite machten, ge=
duldig das Ohrläppchen küssen und zum Frühstück nöthigen;
denn sie meinte, es sei doch Alles nur ein Traum, und sie
werde bald aufwachen und die Käte und ihren Bruder und
auch den blonden Schusterjungen wiedersehen.

Indessen rief die Großmama eins von den Eichkätzchen
heran und sagte: Knackzähnchen, erzähl', wo du gewesen bist und
was du gesehen hast beim Erdbeersammeln. Da sagte das
Knackzähnchen mit feiner Stimme:

<blockquote>
Wo die blauen Veilchen sprossen,<br>
Sind drei Bächlein hergeflossen<br>
Ueber Nacht, wie wunderbar!<br>
Salz'ge Bächlein rasch und klar,<br>
Drüber sich die Zweige spreiten.<br>
Auf dem einen sah ich gleiten<br>
Eine Puppe klein und schmächtig,<br>
Augen funkelhell und prächtig,<br>
Zähne blank wie Elfenbein;<br>
Gar erbärmlich that sie schrei'n.<br>
Sagt, weß mag die Puppe sein?
</blockquote>

Ach Gott, seufzte Glückspilzchen, das ist am Ende meine
Puppe Käte gewesen! — Ei, es giebt viele Puppen auf der

Welt, sagte die alte Großmama, um sie zu beruhigen. Nun komm du, Rothbärtchen, und erzähle. Das Rothbärtchen aber fing an:

> Einsam sprang ich durch die Buchen,
> Beeren, roth und süß, zu suchen.
> Schaut' umher nach allen Seiten.
> Da auf einmal sah ich schreiten
> Einen blonden Schusterjungen
> Durch die Büsche dicht verschlungen.
> Mütze saß auf einem Ohr,
> Spielte sich ein Liedel vor,
> Pfiff und schimpft' auch wohl mitunter,
> Kam vom rechten Weg herunter,
> Lauft nun so in Tag hinein.
> Sagt, wer mag sein Meister sein?

Das war ganz gewiß der blonde Hansel, mit dem wir gewandert sind, sagte Glückspilzchen. Ach Gott, wenn ich nur erst draußen wär'! — Ei, es giebt so viel Schusterjungen, sagte die alte Großmama rasch; bleib du nur hier bei uns; und nun soll Nußfresserchen erzählen, was ihm passirt ist. Nußfresserchen aber trat kecklich vor, machte einen Knix und that dann seinen Spruch mit großer Zungenfertigkeit:

> Drunten tief im Lindenhag,
> Da noch kaum erglomm der Tag
> Und nur wenig Vögel sangen,
> Kam ein langer Herr gegangen,
> Grauen Filzhut in der Hand,
> Drauf ein schwarzrothgülden Band
> Flatterte im Morgenhauche,
> Und er rief bei jedem Strauche:
> Saht ihr nicht, ihr schwanken Aesterchen,
> Mein verlornes kleines Schwesterchen?

All ihr Gräser, Blumen, Pilzchen,
Saht ihr nicht das Unglückspilzchen?
Rabenschwarz ist Aug' und Haar,
Und der Wuchs ist ganz und gar
Einer Arabeske ähnlich,
Nase, Mund und Kinn gewöhnlich,
Trug ein blaues Thibetkleidchen —

Ach Himmel! rief Glückspilzchen auf einmal, das ist mein Bruder, der lange Poet, der sucht nach mir, und ich Unglückspilzchen sitze hier bei Eichelkaffee und Erdbeeren und mache ihm so viel Herzeleid! Ich muß fort, geschwinde fort, ich halt's gar nicht mehr aus. — Die Eichkätzchen wollten sie freilich gerne behalten, aber sie weinte nur immer heftiger, und da öffneten sie die Thür, schlüpften mit Glückspilzchen hindurch und die kleine Treppe hinab und schlossen ihr unten still und traurig die große Pforte auf. Sie hatten schon Abschied von einander genommen und ihrem kleinen Gast noch zu guter Letzt das Ohrläppchen geküßt, da sagte die Großmama: Nur noch ein paar Augenblicke warte, bis dir meine Enkel was vorgetanzt haben. Das mußte Glückspilzchen der guten Alten schon zu Gefallen thun, die auf ihre Familie nicht wenig eitel war, und so wurden die Musikanten gerufen, der Zeisig, der Fink und der Vogel Bülow, und die Eichkätzchen führten ein zierliches Ballet auf, den großen Ast auf und ab. Wie aber Glückspilzchen den kleinen Tänzern zuschaute, wurde sie wieder ganz munter und vergaß Bruder und Käke und den blonden Hansel nach ihrer leichtsinnigen Art. — Nun sollt ihr mich erst tanzen sehn! sagte sie, da das Ballet zu Ende war, und sogleich sprang sie auf den Ast hinaus, hieß die Musikanten ein frisches Stücklein anfangen und tanzte dann so artig und

klapperte so geschickt mit den blanken Dreiern in der Spar=
büchse, daß eine Menge Vögel und Waldthiere herzu=
kamen, auch die Rehe herbeiliefen und oben nach dem Ast
und der kleinen Tänzerin guckten. Zuletzt ward sie doch müde;
da. that sie die Sparbüchse auf, warf den Eichkätzchen die
Dreier zu und rief, sie sollten sie zum Andenken an einem
Bändchen um den Hals tragen. Dann rief sie noch einmal:
Lebt wohl! und tausend schön Dank! und kletterte behende den
Baum hinab, indem sie ihren kleinen rothbraunen Gast=
freunden lustige Kußfinger zuwarf.

Als sie aber unten so allein herumlief und von ihrer
Reisegesellschaft keine Spur erblickte, wurde ihr wieder wind
und weh. Sie kam zu den drei Bächlein, die über Nacht
entsprungen waren. Der lange Poet und der Hansel
waren verschwunden, die Käke auch; von der aber hing das
kleine Hütchen mit dem grünen Schleier am Ufer zwischen
den Vergißmeinnicht; da weinte Glückspilzchen wieder heftiger,
weil sie glaubte, die Puppe wäre ertrunken. Ein Verschen
von dem langen Poeten, das er auf ein Baumblatt geritzt
und an einen Stamm geheftet hatte, kam nicht in ihre Hände;
das hatte der Wald=Kapellmeister, der Herr von Grasemück,
mit in sein Nest genommen, um es in Musik zu setzen, weil es
ihm ausnehmend gefiel. Von dem hab' ich hinterdrein er=
fahren, daß es also lautete:

Es plaudern in Linden und Buchen
So fröhlich die Vögel im Chor.
Ich muß wandern und traurig suchen
Eine Liebe, die ich verlor!

Es sind viel Bahnen und Straßen
Und blühen wohl alle so schön,

Und bist du nicht trüb und verlassen,
Du magst sie in Freuden gehn.

Mir aber vor Gram und Sehnen
Im Wandern das Herze bricht.
Ich seh' vor den leidigen Thränen
Den lustigen Frühling nicht!

Ein Glück war's eigentlich, daß der Zettel von dem Kapellmeister aufgefangen wurde; denn er hätte Glückspilzchen nur noch betrübter gemacht, und sie war's schon genug. Da kam aber auf einmal eine garstige alte Frau hinterm Baum hervor, hatte eine tüchtige Birkenruthe in der Hand und rief: Wart nur, du böses Kind! Deinen armen Tanten wegzulaufen, die sich nun abhärmen, und du bist's gar nicht werth. Nun lauf nur vor mir her, ich will dich schon heimbringen! — Damit fing sie an, die Ruthe zu rühren und sie auf Glücks=pilzchens Rücken zu schwingen, daß die eilig sich auf die Beine machte; aber die Alte war eben so flink hinterher trotz ihrer grauen Haare, und kein Schlag ging verloren. Ach, rief das kleine Mädchen ganz außer Athem, wer seid Ihr denn, Ihr häßliche alte Frau? Au! das war aber grob! — Was da grob! erwiderte die Alte und schlug noch ärger, du hast's nicht feiner verdient. Ich bin die Frau Bösgewissen und laure dir schon seit vorgestern auf und werde dich nicht eher in Ruhe lassen, als bis du dich besserst und nimmer so eine leichtfertige Person bleibst, sondern hübsch Sitzefleisch kriegst und artig zu Haus und fleißig in der Schule wirst. Ver=stehst mich? — Ach ja, liebe Frau Bösgewissen, rief Glücks=pilzchen und lief dabei, als hätte sie Feuer unter den Sohlen, laßt's nur für diesmal genug sein! Ich will ja auch ein from=mes Kind werden. — Nun denn, sagte die Alte und steckte die Ruthe ein, noch einmal will ich dir's nachsehn. Aber nimm dich in Acht; ich hause nicht im Wald allein und kann dich auch bei deinen drei Tanten besuchen. Also sei gescheidt und denk an mich! — Nach diesen Worten war's plötzlich stille, und als Glückspilzchen besorglich umschaute, war von der Frau Bösgewissen nichts mehr zu sehn; nur ihre Ruthe hing als wie zur Warnung an dem nächsten Baum, und Glückspilzchen that der Rücken noch immer weh. Wie sie aber noch zehn Schritte gethan hatte, da ward's hell zwischen den Bäumen, und der Wald hatte ein Ende. Am Saume des Waldes aber saßen — nun rathet einmal! Ich will unterdessen ein neues Kapitel anfangen.

## Sechstes Kapitel.

**Wie sich Alle wieder zusammenfinden und der lange Poet seine Fährlichkeiten erzählt.**

Die drei Tanten waren's nämlich und die Pedanterliese, die saßen alle Vier auf einer Bank, die sie dazu mitgebracht hatten aus der Stadt. Die Tanten weinten unaufhörlich, und die Quellen ihrer Augen hatten die drei Waldbächlein gebildet, auf deren einem die arme Käke davongeschwommen war. Die Pedanterliese weinte nicht, dazu war sie viel zu verständig, und sagte in einem fort: Warum läuft sie auch weg und ist noch so wenig gesetzt! Da bin ich doch viel besser erzogen. Tante Strickestrümpfchen verwies ihr das, hatte aber nicht Alles gehört, weil sie eifrig bei ihrem Strumpf war. Tante Buchstabiria las auch mitten unter dem Weinen in einem neuen Lesebuch für Töchter gebildeter Eltern. Die

Dritte hieß Tante Schönekünstchen, und weil sie so viel zeich=
nete, war ihr ein Bleistift an die rechte Hand festgewachsen;
den konnte man spitzen, so viel man wollte, und er nahm doch
kein Ende. Sie hatte auch ein Zeichenbuch mitgebracht, aber
vorläufig hatte sie so viel zu weinen, daß sie's nicht brauchen
konnte; denn sie hatte Glückspilzchen viel lieber als die an=
dern Tanten.

Ach, liebe gute Tanten! rief auf einmal eine feine Stimme,
und eh' sie noch Zeit hatten, sich recht zu besinnen, lag Glücks=
pilzchen in ihren Armen und herzte und küßte sie und bat so
rührend ab, daß die Thränen plötzlich zu fließen aufhörten
und die drei Bächlein zwischen den Gräsern verrannen. —
Da erzählte Glückspilzchen Alles, wie es ihr ergangen, und
als sie an die Geschichte mit Frau Bösgewissen kam, machte
sie's so natürlich, daß der Pedanterliese himmelangst wurde.
Tante Buchstabiria aber nahm sie gehörig ins Gebet; da
ging sie ernsthaft in sich, fiel einer Tante nach der andern
um den Hals und bat mit vielen Thränen und guten Gelöbnissen
alle ihre Unarten ab.

Das wäre nun so weit ganz schön gewesen, wenn sie
nur gewußt hätten, was aus dem langen Poeten, dem blon=
den Schusterjungen und der Käke geworden war. Wie sie nun
eben wieder zu weinen anfangen wollten, hörten sie noch zu
rechter Zeit eine Ziehharmonica aus dem Walde, und Einer
pfiff dazu, während ein Anderer sang:

> Je weiter aus den Augen,
> Je tiefer nur im Sinn.
> Das soll zum Trost mir taugen,
> Wenn ich voll Heimweh bin.

Ich scheide nicht weit,
Gott weiß die Zeit,
Wiederkommen bringt Freude.

Ihr sollt mich nicht verachten
Um mein unstät Gemüth;
Muß mir die Welt betrachten,
So weit sie grünt und blüht.
Ich scheide nicht weit,
Gott weiß die Zeit,
Wiederkommen bringt Freude.

Die Ström' und Bäche rinnen
Mit Rauschen in das Meer;
Die festen Thürm' und Zinnen
Sind steinern, kalt und schwer.
Ich scheide nicht weit,
Gott weiß die Zeit,
Wiederkommen bringt Freude.

Wohl dem, der durch die Halde
Noch schweifen kann und will.
Es kommt die Zeit wohl balde,
Da lieg' ich stumm und still.
Ich scheide nicht weit,
Gott weiß die Zeit,
Wiederkommen bringt Freude.

Da kommen sie! schrie das kleine Glückspilzchen, und in demselben Augenblick trat der lange Poet mit dem blonden Schusterhansel aus dem Walde heraus, und der Poet trug auf dem einen Arm die Käke, auf dem andern den kleinen waldursprünglichen Kerl aus Tannenzapfen mit dem Frack von Sandpapier und dem Korbe auf dem Rücken, der von seinen Schwefelhölzchen nur wenige verloren hatte. Glücks=

pilzchen aber lief ihrem Bruder winkend und rufend entgegen; da setzte er, was er trug, nieder und fing sie in seinen Armen auf,

> Und die Engel im himmlischen Reigen
> Frohlocken dem holden Bund,
> Wenn Bruder und Schwester sich neigen
> Und küssen sich auf den Mund.

Dann lief Glückspilzchen auf die Käte zu, nahm sie streichelnd und schmeichelnd in die Arme, und selbst die Pedanterliese fand es diesmal nicht kindisch, daß sie sich so zärtlich mit einer wiedergefundenen Puppe abgab.

Mittlerweile hatte der Lange die drei Tanten mit dem blonden Hansel bekannt gemacht, der ziemlich verblüfft dastand und besonders verlegen nach Pedanterlieschen schielte, was seinem Geschmack eigentlich keine Schande machte, da sie ein sehr regelmäßiges Gesichtchen hatte und auf den ersten Blick auch gar nicht langweilig war. Er mußte sich indessen neben Tante Schönekünstchen setzen, weil Die Absichten auf ihn hatte, nicht ihn zu heirathen, sondern ihn zu zeichnen. Der lange Poet saß indessen auf einem niedrigen Steine vor den drei Damen und brachte seine Beine nur kümmerlich unter. Dann fing er an seine Schicksale zu erzählen, während der arme Hansel ohne Gnade still halten und ähnlich werden mußte.

### Was dem langen Poeten im Walde begegnet.

Ich habe böse Träume gehabt die Nacht über, erzählte er, und wachte gegen meine Gewohnheit in der frühen Morgendämmerung auf. Mein erster Gedanke war gleich an Glückspilzchen, und ihr könnt denken, daß ich einen Tausend=schreck hatte, wie ich mich so einsam in dem grünen Gras

liegen ſah, Glückspilzchen weg, der blonde Hanſel verſchwunden
und die Käſe dazu. Nur zwei kleine Holzhauerbuben waren bei
mir; die fuhren nicht wenig erſchrocken in die Höhe, als ich mich
aufrichtete, denn ſie hatten meine langen dünnen Beine in
den grauen Hoſen für zwei Baumwurzeln gehalten und ſich
gemüthlich darauf niedergelaſſen, um zu frühſtücken. Ich be=
fragte ſie, ob ſie nicht ein kleines Mädchen geſehen hätten, ſo
und ſo angethan; aber ſie ſchüttelten den Kopf und liefen
furchtſam davon. Da ward mir ſehr blümerant zu Muth;
ich ſchrieb ein paar weinerliche Verſe auf ein Baumblatt und
machte mich dann auf die Beine, Glückspilzchen nach und
meinem Tannenmusje, den ich unterwegs irgendwo zu erwiſchen
hoffte.

Ich war noch gar nicht weit gegangen, da ſah ich einen
kurioſen Herren daherkommen, und ein Lakai lief hinterdrein
mit einem großen Korbe, daraus verſchiedene Flaſchen mit
Käppchen von ſchönem rothem Siegellack hervorſchauten. Der
Kurioſe kam gerade auf mich zu, ſagte mir, er ſei Prinz
Schnudi und freue ſich, endlich einen Menſchen zu finden in
der ſchauberöſen Wildniß, in welche ihn Prinzeſſin Marzebille
verbannt habe. In dieſe hohe Dame ſei er nämlich ganz unſterb=
lich verliebt; aber ſie wolle ihm nicht eher Gehör ſchenken, als
bis er ſeine Liebe dadurch erprobt habe, daß er eine Weile in
der Wildniß herumlaufe und eine poetiſche Liebeserklärung zu
Stande bringe. Mit dem Herumwildniſſen ging' es paſſabel,
obwohl er ſich auf die nothwendigſten Lebensbedürfniſſe,
Burgunder und Gänſeleberpaſtete, beſchränken müſſe; aber
er habe ſein Lebtag nicht einmal einen armſeligen Leber=
reim erſchwingen können und werde ſich nächſtens, ſobald ſein
Wein zu Ende gehe, bei lebendigem Leibe todtſchießen, denn

er halte es nicht länger aus vor Verliebtheit, Kummer und Waldeinsamkeit.

Wie ich ihn mit solchen Aengsten behaftet sah, jammerte er mich, und ich war höchst charmant gegen ihn, obwohl er eigentlich nur ein Prinz war. Ich sagte ihm, ich sei meines Zeichens ein Poet und wolle ihm gern mit einigen abgelegten Reimen unter die Arme greifen, so gut ich's halt könne ohne mein Feuerzeug. Indessen wachse hier herum Waldmeister in Menge; er solle doch geruhen durch seinen Lakaien einen Maitrank bereiten zu lassen, an welchem ich mich hinterher stärken könne; denn ich war noch nüchtern wie ein Sieb. Da hättet ihr die königliche Hoheit Luftsprünge machen sehn sollen, ging auch flugs höchsteigenhändig mit dem Lakaien ans Werk, während ich in seine allerhöchste Schreibtafel folgende Verse schrieb:

O du süße Marzebille!
Warum bannt dein strenger Wille
Mich in dieser Wälder Stille?
Wär' ich, ach, die Nachtigall
Mit der Lieder holdem Schall,
Daß mich bald ein Vogler finge
Und in deine Kammer hinge!
Wär' ich einer von den Hirschen,
Daß mich könnt' der Jäger birschen,
Und auf deine Tafel schicken
Meine Keulen, Brust und Rücken!
O wie würde mich's beglücken,
Schnittst du trauernd sie in Stücken,
Aeßest dann sie mit Entzücken,
Wie du jetzt mit Liebestücken
Mir das Herze thatst berücken,
Daß mir weiter nichts will glücken,

Meine Sehnsucht auszudrücken,
Als mich tief vor dir zu bücken
Und zu bitten unterthänig,
Lindre, meine Qual ein wenig!

Nachschrift.  Königliche Hoheit,
Uebersieh die arge Rohheit
Dieses Briefs und meiner Schrift.
Thust du's nicht, so nehm' ich Gift,
Und dann schließt auf ewig zu die
Augen der verliebte Schnudi.

Als ich diese Verse dem Prinzen vorlas, war er vor
Entzücken ganz außer sich. Er bat mich tausendmal um Ent-
schuldigung, wenn er augenblicklich in seinen Wagen stiege, der
am Saume des Waldes warte, denn er könne die Erfüllung
seiner kühnsten Wünsche nicht länger aufgeschoben sehen. Noch
ehe ich mich besinnen konnte, war er mit der Schreibtafel,
dem Lakaien und dem Korbe verschwunden und hatte mich
allein zurückgelassen unter vier Augen mit einer Flasche Maitrank, die mich so ziemlich über den eiligen Abschied der
prinzlichen kuriosen Person tröstete.

Ich hatte einen Augenblick meiner kleinen Schwester und
des Tannenmännchens vergessen, denen ich doch eigentlich nachlief.
Nun aber ging ich wehmüthig fürbaß, nahm von Zeit zu
Zeit einen Schluck aus der Flasche und war kreuzunglücklich,
denn von den Verlorenen fand sich keine Spur. Ich weiß
nun nicht, kam's von der Betrübniß oder vom Maiwein,
kurz und gut, mir ward ganz träumerisch, dazwischen ein
bischen toll und unsinnig, daß ich höchst vergnügt die
Bäume umarmte und ihnen lange Reden hielt, auf einem
Bein über Stock und Stein sprang und Glückspilzchen

richtig wieder vergaß. Wenn ich dann aber den traurigen Rappel bekam, mußte ich gleich wieder an den verlorenen Wildfang denken und klagte Sonne, Mond und Sternen mein Leid. Ich habe dabei eine ganze Menge verrückter Verse aus dem Stegreif gesungen, die Gottlob kein sterbliches Ohr gehört hat.

Da kam auf einmal eine steinalte Frau des Weges, einen Korb auf dem Rücken, ein Reisbündel in der Schürze vor sich, und hatte mehr Runzeln im Gesicht, als Haare auf dem Kopf. Ich aber in meiner Verdrehtheit und Verblendniß denke: So wahr ich Paul heiße, ist Die da nicht mein alter Schatz, die mir gerade vorm Jahr den Dienst aufgekündigt hat? Und da schoß mir richtig die alte Liebe wieder so stark zum Herzen, daß ich vor Wallung nicht weiter konnte und mich der Herzallerliebsten gerade in den Weg stellte. Dabei rief ich ihr mit schmachtender Stimme zu:

> Es weht aus einander der lose Wind
> Die Wellen und Wolken und Flammen.
> Zwei Herzen, die für einander sind,
> Die finden sich immer zusammen.
>
> Mein Haar ist worden dünn und grau,
> Meine Wange welk und bleich.
> Mein Liebchen, blicke mich an genau,
> Und du erkennst mich gleich.

Somit breitete ich die Arme aus und wollte sie gerührt an mein Herz drücken. Da fing sie ganz entsetzlich an zu keifen, was das für ein Gelbschnabel sei, und wie er sich unterstehen könne, das ehrwürdige Alter zum Narren zu haben. — Weiß aber der Himmel, was in mir vorging, so viel ist gewiß, ich ließ sie nicht los, umfing sie vielmehr zärtlich und sang:

Kehr um, kehr um und tanz mit mir
Und weich mir nicht von der Seiten.
Die Vöglein singen so lockend hier,
Im Takte die Bächlein gleiten.

Ich bin beglänzt, du bist beglänzt
Von Maiwein und von Minne.
Der Wald der ist von Sonne beglänzt,
Bethört uns Herz und Sinne.

Die ganze Welt hat einen Glanz,
Sie tanzt mit uns in die Runde,
Und sind wir Alle müde vom Tanz,
Das ist die jüngste Stunde.

Und nun fing ich ein so ausgelassenes Tanzvergnügen an, daß die Vögel im Walde glaubten, es käme ein Erdbeben, und meiner armen Tänzerin wackelten die alten Knochen, und sie schrie ganz gotterbärmlich. Laß' Er mich los! keuchte sie und wollte sich mir entwinden. Ich aber, immer noch in dem guten Glauben, es sei mein altes Liebchen und sie wolle nur nichts mehr von mir wissen, hielt sie nur fester und lamentirte ihr die herzbrechendsten Sachen vor. — Er gottloser Mensch! war die Antwort, laß' Er mich los, ich rath's Ihm, oder es bekommt Ihm schlimm. Was? Will Er mir mit Seinen Faxen weiß machen, wir Zwei kennten uns nicht und Er wisse nicht, daß ich nichts weniger als Seine alte Liebste bin, die ganz klug daran gethan hat, einem so windigen Patron, wie Er, den Laufpaß zu geben, sondern die Ihm sehr wohlbekannte Frau Bösgewissen, der Er mit seinen nichtsnutzigen Versen und Luftsprüngen kein X für ein U machen wird? — Und wie sie das sagte, zog sie auf einmal aus ihrem Korbe ein Ding hervor, das meinem Tannzapfenmann wie ein Bruder dem andern ähnlich sah, und — ritsch! da hatte sie ein Streichhölzchen in Brand gesetzt und leuchtete sich selbst damit ins Gesicht. Himmel, wie ging mir da ein Licht auf, daß plötzlich mein Glanz verflog und ich mit ganz nüchternen Augen sah, wen ich vor mir hatte, und daß es nicht meine ungetreue Liebste war, sondern die garstige Frau Bösgewissen, die nur allzu treulich mir überall nachläuft, wo ich mich etwa auf Seitenwegen verlieren möchte.

## Siebentes Kapitel.

### Wie sie noch Einiges zu plaudern haben und sich dann auf den Heimweg machen.

Jetzt schwieg der lange Poet, und ein Engel ging durch die Gesellschaft, wie man zu sagen pflegt. Sie dachten alle, daß er noch weiter erzählen würde, weil die Geschichte noch nicht aus war. Er schien aber keine Lust zu haben, zu beichten, wie er sich endlich mit der Frau Bösgewissen auseinandergesetzt hatte, sondern starrte seinem kleinen Tannenmann ins Gesicht und that von Zeit zu Zeit einen Seufzer. Da nahm Tante Buchstabiria endlich das Wort und sagte: Lieber blonder Schusterjunge, nun erzähle auch, was dir begegnet ist und wie du zu der Käte gekommen bist. — Ach Gott, ich bin eben an der Unterlippe! rief Tante Schönekünstchen. — Das half aber Alles nichts; die beiden andern Tanten bestanden darauf, daß sie ihr Zeichenbuch zumachte und den blonden Hansel erzählen ließ.

Da wurde Der über und über roth und schielte nach Pedanterlieschen hinüber, dann aber fing er an:

Es war mitten in der Nacht, da fuhr ich ganz er=
schrocken in die Höhe; denn die Maikäfer hielten Ball auf
meiner Nase, und das krabbelte und kribbelte, daß es nicht
auszuhalten war. Ich wischte sie mit der Hand herunter,
saß dann und überdachte meine Lage. Ich war ausgezogen,
um die Fleischtöpfe Aegypti zu finden, und die hatte ich nicht
gefunden; vielmehr war ich aus einer lustigen Gärtner= und
Vogler=Gesellschaft hinausgeworfen worden, hatte eine halbe
Nacht unter freiem Himmel geschlafen, und die Maikäfer
waren mir auf der Nase herumgesprungen. Da entschloß ich
mich rasch, ich wollte die Reisegesellschaft verlassen — denn da
war ich doch nur der Dümmste — und auf eigene Hand und
eigenen Füßen nach Rom wandern, von da mich übersetzen zu
lassen nach Aegyptenland. Ich nahm also meine Zieh=
harmonica mit acht Klappen und drei Luftlöchern, lud mein
Bündel auf den Rücken und drückte dem schlafenden langen
Herrn Dichter zum Abschied die Hand; die kleine Mamsell
aber ward ich nicht gewahr. Darauf suchte ich, so gut es
ging, vorwärts zu kommen in dem stockfinstern Wald; aber
die Bäume stießen mich rechts und links und richteten mich
erbärmlich zu, daß ich froh war, wie's endlich Tag wurde.

Mir ist aber keine Seele begegnet, weder der verliebte
Prinz Schnudi, noch die Frau Bösgewissen mit der Ruthe.
Ich hatte nur Hunger und Durst, und das war in der
Ordnung, denn ich will ein ganzer Schusterjunge sein, und
die sind immer hungrig, auch wenn sie eben vom Essen kommen.
So lief ich die Kreuz und Quer im Walde herum und fand
nicht heraus. Auf einmal aber ka mich an drei Bächlein,
die neben einander durchs Gras flossen; da stand ich still
und hätte gern getrunken; aber das Wasser war bittersalzig.

Ich simulirte eben, wie ich hinüberkommen sollte, da sah ich, wie die Puppe der kleinen Mamsell dahergeschwommen kam, und weil ich fürchtete, sie müsse am Ende ersaufen, obwohl sie ganz gemächlich auf dem Rücken lag und ihr Kleidchen sie trug, warf ich die Jacke, das Bündel und die Ziehharmonica mit den acht Klappen und drei Luftlöchern am Ufer nieder und stürzte mich der Puppe nach.

Ich erwischte sie auch richtig und hielt sie fest; aber der Bach war so wild und angeschwollen, daß ich selbst mit fortgerissen wurde und, so stark ich mit den Armen arbeitete, nicht ans Ufer konnte. Gewiß wär' ich dabei zu Grunde gegangen, wenn nicht wie durch ein Wunder der Bach auf einmal in den Sand verlaufen wäre und mich auf dem Trocknen hätte liegen lassen. Da stand ich ganz munter auf, nahm die Käte in den Arm und ging zu der Stelle zurück, wo meine drei Siebensachen noch ungestohlen beisammen waren. So wanderte ich weiter und traf den langen Herrn Dichter, was mir jetzunder ganz recht ist, denn — ich habe all mein Lebtag so was Schönes nicht mit Augen gesehn, wie — —

Da stockte der Hansel und wurde bis über die Ohren roth und schielte immer auf die Pedanterliese, die auch längst schon aufgehört hatte, sich mit ihrer Arbeit abzugeben, und keinen Blick von dem blonden Schusterjungen verwandte. Der lange Poet aber rieb sich stillvergnügt die Hände und sang leise vor sich hin:

> Ein Stündlein sind sie beisammen gewest,
> Ein Stündlein läuft so geschwind,
> Und saßen einander im Herzen schon fest;
> Die Liebe die kommt wie der Wind.

Du junger Gesell, nun hüte dich fein,
Nun hüte dich, schönes Kind,
Und verriegele gut deines Herzens Schrein;
Denn die Liebe die geht wie der Wind.

Tante Buchstabiria aber trat zu ihm und hatte eine Menge Einwendungen zu machen. Die Erziehung des Fräuleins sei noch nicht beendet, sie müsse erst noch Stunden nehmen über die Pflichten der Gattin und Mutter; auch sei der Hansel noch sehr zurück in der Bildung und überdies arm, und das sei beim Heirathen wohl zu bedenken. Auf all das hörte der Lange nicht; er sagte, so müsse es von Gottes und Rechts wegen immer kommen, daß der Gänsejunge die Prinzessin oder der Schusterjunge das Pedanterlieschen heirathe, und der blonde Hansel sei ein recht reputirlicher Freier und ganz wie für sie geschaffen, denn er werde immer bei seinem Leisten bleiben und den Pantoffel seiner lieben Frau selbst verfertigen, was im Haushalt eine große Ersparniß sei. Uebrigens sollten sie ihn nur machen lassen, er werde die ganze Geschichte nach Wunsch zu Ende bringen; denn dafür sei er Poet und könne machen, was ihn gut dünke, und die Großmuth koste ihn nichts.

Da ergab sich Tante Buchstabiria, ließ eilig anspannen, und die ganze Gesellschaft fuhr nach Hause. Die Bank hatten sie zurückgelassen, vor lauter Freude, daß sie Alle wieder beisammen waren, und vollführten im Wagen eine erschreckliche Ausgelassenheit; nur der Schusterjunge und die Pedanterliese waren stumm. Der Lange aber hatte die Beine, die er im Wagen nicht unterbringen konnte, zum Schlage herausbaumeln, warf allen Bauernmägdlein, die vorbeigingen, Kußhände zu und sang:

Es sauset und es brauset,
Es geht ein kühler Wind.
Da drunten auf der Haide,
Da steht ein schönes Kind.

Mit ihren weißen Armen
Sie winkt mir Gottwillkomm,
Mit ihren schwarzen Augen
Sie lacht mich an so fromm.

Dein Winken und dein Grüßen,
Ach Schätzlein, hilft dir nicht.
Ich muß zur Welt 'nein fahren,
Ein vogelfreier Wicht.

Und willst einen Liebsten haben
Such dir einen Andern aus.
Ich hab' ja nur zwei Flügel,
Ich hab' nicht Hof noch Haus.

Ueber diesem Singsang erwachte die Käte, die in Glücks=
pilzchens Arm eingeschlafen war, rieb sich die Augen und
sagte: Ach, nun haben sie Alle Geschichten erzählt, und mich
fragt Keiner, was mir begegnet ist. — Du armes Dummer=
chen, fiel Glückspilzchen ein, wer denken kann, daß du auch
was erlebst! Erzähle aber nur. — Da horchten alle hoch
auf, und die Käte fing an:

Wie mich der Bach mit fortnahm, war ich sehr bange, ich
möchte ertrinken. Da strampelte ich mit Händen und Füßen
und weinte. Auf einmal hörte ich, wie der Bach sagte: Sei
ruhig, Püppchen, ich will dir auch ein Märchen erzählen.
Das ließ ich mir gern gefallen, hielt mich fein still und hörte,
was er erzählte.

#### Das Märlein von Perlemutter und Perlevater.

Unten tief auf dem Meeresgrunde, wo es ganz klar und stille ist, liegt eine große Wiese von Meergras, und auf der Wiese steht das Haus von Perlemutter und Perlevater. Das sind zwei uralte wunderliche Leute, können das Wasser vertragen, wie Die auf der Erde die Luft, und der Perlevater hat einen langen Bart von Schilfgras, aber die Perlemutter trägt ein glänzendes Kleid und eine Haube von silbernen Fischschuppen. In ihrem Hause ist ein großer Saal, darin stehen unzählige Bettlein; da schlafen die Nacht über alle ungebornen Kindlein, die noch nicht ans Tageslicht gekommen sind, und warten bis der Storch sie abholt. Tagsüber sitzen sie auf kleinen Sandbänkchen um Perlemutter und Perlevater im Kreise auf der großen Meergraswiese, und Perlemutter erzählt den Mädchen traurige Märlein, Perlevater aber den Buben, bis sie alle die Thränen nicht mehr halten können. Die Thränen aber werden zu Perlen, welche die Alten Nachts, wenn die Kinder zu Bett sind, aufsammeln, in die Perlenmuscheln thun und noch vom Mond ein bischen versilbern lassen.

So geht es tagaus tagein, bis für Jedes die Stunde schlägt, daß es auf die Welt kommen soll. Die wissen aber Perlevater und Perlemutter ganz genau, und da nehmen sie das Kind Nachts aus dem Bettchen und steigen damit hinauf an die Meeresfläche, wo der Storch schon wartet mit hübschen trocknen Windeln und es warm eingewickelt davonträgt. Am Morgen vermissen die Andern das entführte Gespiel wohl; aber sie haben keine Zeit, sich darüber Gedanken zu machen, denn sie müssen gleich wieder die Märlein von Perlemutter und Perlevater hören und Perlen weinen.

Das Kind aber, das nun droben in der Wiege liegt, ist von dem hellen Sonnenglanz und den vielen Menschen, die es auf den Arm nehmen und herzen und küssen, ganz betäubt und blöde geworden, und weil es kein Wort versteht — denn Perlevater und Perlemutter haben ihre eigene Sprache geredet — weint es und schläft es den ganzen Tag. Allmählich aber wird es inne, daß es ihm doch früher noch nie so wohl gewesen ist, wie jetzt auf dem Schooß der Mutter, und da klammert es sich mit den kleinen Armen fest an sie an und hört sorgfältig auf jedes ihrer Worte, bis es alle ge-lernt hat. Darüber vergißt es aber die Märlein, die es unten auf der Meergraswiese gehört hat, und weiß gar nichts mehr von seinem früheren Leben, außer daß es eine Sehn-sucht behält nach dem Meer, und wenn es auf einem Schiff-lein schwankt, lehnt es sich über Bord und kann sich nicht satt sehen an der blauen Tiefe.

Es ist einmal ein armer alter Mann mit schlohweißen Haaren gewesen, dem träumte von Perlemutter und Perle-vater, daß er ganz sehnsüchtig aufstand und ans Meer ging. Da setzte er sich in einen Kahn und fuhr hinaus, und seine alten Arme erlahmten fast am Ruder. Er kam auch wirklich so weit, daß er unten das Haus auf dem Meeresgrunde sehen konnte und die beiden Alten, die den Kindlein erzählten, und es faßte ihn ein so heftiges Verlangen, wieder hinabzusteigen und über den alten Kinder=Märchen sein ganzes Erdenleben zu vergessen, daß er die Arme ausbreitete und hinabstürzte. Aber in die Tiefe gelangt Keiner zurück; zwei mitleidige Wellen nahmen ihn und trugen ihn ans Ufer. —

Damit war des Baches Erzählung zu Ende, schloß die

kleine Käfe, und das Uebrige wißt ihr, wie mich der gute Schusterjunge aufgefischt hat.

---

## Achtes Kapitel.

Wie eine' gut bürgerliche Hochzeit dieser wundersamen Geschichte ein Ende macht.

Während der Fahrt nach Haus hatte Tante Buchstabiria noch ein ernsthaftes Gespräch mit dem langen Poeten; denn sie verstand sich ein wenig auf seine Kunst. Ei, sagte sie, Ihr habt ganz artige Geschichten erlebt: aber wenn Ihr sie aufschreiben wolltet, müßten nothwendig die Voglers= und Gärtnersleute wieder vorkommen, und was aus dem grillen= fangenden Kegeljungen geworden, das wüßt' ein geneigter Leser auch gar zu gern. Nun steht's so lose neben einander, wie die Buchstaben im Abc. Der Poet lachte still in sich hinein und brummte: Es ist noch nicht aller Tage Abend, und was nicht ist, kann noch werden. Im Herzen aber war er doch ein wenig besorgt, wo's hinaus sollte.

Wie sie nun glücklich nach Haus gekommen, lief er viel treppauf treppab, hatte mit der Köchin zu tuscheln und ließ sich von Keinem in die Karten sehn. Er bekam auch mehrere Briefe, die er für sich behielt, denn die Andern waren Alle in die große Schulstube eingesperrt, wo Pedanterlieschen ihren Bräutigam in den Wissenschaften examinirte und ihm aus übergroßer Gewissenhaftigkeit eine schlechtere Censur gab, als man von einer Braut hätte erwarten dürfen. Glückspilzchen aber brachte ihre Käfe zu Bett, denn das arme Kind hatte ben Schnupfen gekriegt. — Auf einmal öffnete sich die Thür, und der lange Poet lud die Gesellschaft ein, ihn nach der Küche zu begleiten. Er selbst nahm den blonden Schuster‑ jungen und Pedanterlieschen unter den Arm und ging voran.

Die Thür der Küche aber war festlich mit Blumen‑ kränzen geschmückt, und über dem Eingang stand mit goldnen Buchstaben:

> Aegyptenland ist hie zu sehn,
> Wo die berühmten Fleischtöpf' stehn.
> Bitt', trete näher wem's gefällt;
> Es ist umsonst und kost't kein Geld.

Da traten denn Alle höchlich verwundert ein und sahen ein Dutzend großmächtiger Fleischtöpfe am Feuer stehn und das allersaftigste Fleisch darinnen dampfen. Rings um den Herd standen schöne bunte Pyramiden vom vorigen Weih‑ nachten, und die Kerzen darauf brannten, daß es eine wahre Pracht war. Der Poet aber trat vor und gab dem blonden Schusterjungen zwei Briefe. In dem einen stand, sein Herr Vormund sei mit Tode abgegangen und habe ihm noch, wie er eben im besten Sterben gewesen, alle seine Geldsäcke vermacht. Im zweiten stand, der König habe ihm für seine edle Aufopferung bei Rettung der kleinen Käke die Rettungs‑ medaille zu verleihen geruht, habe auch dem armen Grillen‑ fänger eine Pension ausgesetzt, damit er in Zukunft das Ge‑ schäft sorgenfrei und nicht mehr auf eigene Hand, sondern im Hause des jungen Schusters betreiben könne, falls sich jemals Grillen darin einstellen würden. Es war das natürlich ein Ruheposten; denn bei der guten und reinlichen Erziehung, welche die junge Frau Schusterhansel geb. Pedanterliese ge‑ nossen, und bei der sanften Gemüthsart ihres Gatten war an solches Ungeziefer kaum zu denken.

Nun kann man sich vorstellen, welch eine fröhliche Hochzeit gefeiert wurde, und zwar an demselben Tage, an welchem Prinzessin Marzebille dem Prinzen Schnudi die Hand reichte. Der aber schien den langen Poeten völlig vergessen zu haben und galt im ganzen Lande für ein gewaltiges Licht, seitdem er die schönen Verse heimgebracht hatte.

Pedanterlieschen führte indessen ein sehr musterhaftes häusliches Leben, und es hat sie nie der Schuh gedrückt; dafür sorgte ihr Mann, der sie auf Händen trug und ihre Pantöffelchen mit Pelz fütterte. Glückspilzchen dagegen hatte noch viel von der Erziehung auszustehn, machte sich indeß manche fröhliche Stunde in Wald und Feld, wobei sie sich freilich vor der Frau Bösgewissen in Acht nahm. Zuletzt verliebte sich ein Waldhornist Namens Eichhorn sterblich in sie, der ein schmucker junger Virtuos war, von Allen hochgeehrt die Welt durchstreifte und sie einmal unversehens mitnahm. Der lange Poet aber saß nun fleißig bei seinen Büchern und versuchte sich zu einem nützlichen Staatsbürger auszubilden, wodurch er sich sehr in Gunst setzte bei der alten Frau Bösgewissen und den drei Tanten. Nur hatte Tante Buchstabiria immer noch einen kleinen Span mit ihm wegen der Gärtnerfamilie, die nicht wieder zum Vorschein kam. Aber der Poet sagte, dafür könne er nichts, es sei eben eine wahre Geschichte; denn da die Helden dieses Märleins, Gottlob! noch nicht gestorben seien, so lebten sie heute noch, und die liebe Tante solle nur immer abwarten, ob die vermißte Gesellschaft nicht doch noch einmal wieder zum Vorschein kommen würde.

# Das Märchen von Unsje Morgenroth
### und
# Jungfer Abendbrod.

———•———

# Erstes Kapitel.

Wie Musje Morgenroth in noble Verhältnisse kommt
und wo er die Nacht darauf zubringt.

Es war einmal ein gewisser Musje Morgenroth, der
war Stiefelputzer und zwar ein sehr vornehmer,
benn er putzte nur die Stiefel von Geheimräthen.
Außerdem besaß er ein absonderliches Genie für die edle
Musica, denn er war eines Organisten Sohn und hatte von
seinem siebenten Jahr an Bälge treten müssen, wußte
also eine Menge schöner alter Lieder und klimperte, wenn
er sie sang, auf der Guitarre die Begleitung. Das Klopfstöckchen
von Pfefferrohr, ohne das kein ehrlicher Stiefelputzer sich
durch die Welt schlagen kann, ließ er den ganzen Tag nicht
von sich, und Nachts legte er's in ein kleines Puppenbett, das
von seinem jüngsten Schwesterchen her, Gott habe es selig!
als Erbstück auf ihn gekommen war. So glaubte er ihr
Andenken am besten in Ehren zu halten. Er hatte nur
einen Rock und einen Wunsch, die er beide schon sehr lange
mit sich herum trug. Dem Rock ging es umgekehrt wie dem
Wunsch; er wurde immer lockerer und bequemer, der Wunsch
aber von Tag zu Tag drückender und unbequemer. Er bestand
aber in nichts Geringerem, als daß er einmal dahin
kommen möchte, wo der Pfeffer wächs't. Da müßte ja, meinte

er, recht das Land für die Stiefelputzer sein, wo die Pfeffer=
röhre wild wüchsen und nicht so ein Heidengeld kosteten.

Eines schönen Abends, da der Mond eben aufgegangen
war, wanderte Musje Morgenroth zum Thor hinaus an den
Landhäusern der reichen Leute vorbei, hatte die Guitarre im
Arm, das Pfefferröhrchen guckte ihm hinten aus der Rock=
tasche, und der Hut saß ihm recht verwogen auf dem linken
Ohr. Meiner Seel, sagte er und sah zu den Sternen hinauf,
was der liebe Herrgott für Arbeit haben muß, bis er Sonne,
Mond und Sterne blank geputzt hat! Wundert mich aber
doch, daß er den Mond nicht blanker kriegt. Die dummen
Flecken da wollt' ich schon wegscheuern mit meinem Fleckwasser
und einer scharfen Bürste. — Er schüttelte mitleidig den Kopf
und that sich heimlich auf seine Stiefelputzerweisheit nicht
wenig zu Gute. Es war nur sein Glück, daß er nicht mehr
in die Höhe sah; denn der Mond schnitt ihm ein spöttisches
Gesicht, und die Sterne warfen Schnuppen nach ihm, um
ihn zu necken, von denen aber keine traf. Er nahm wieder
seine Guitarre vor, schlug ein paar Accorde an und sang
dann folgendes Lied:

Spazier' ich so die Gass' entlang,
Wenn kaum der Tag verrauschet,
Dann heb' ich an einen hellen Sang,
Der Mond geht auf und lauschet.
    Wo Zwei und Zwei beisammen sind,
    Da stiehlt das Lied sich ein so lind;
    Wo einsam weint ein Mutterkind,
    Dem scheucht's die Nachtgespenster.

So weit der Sonn- und Mondenschein
Mag auf die Erde blicken,

Will sich zusammen nichts so fein
Als Lieb' und Lieder schicken.
  Das wußt' auch König David wohl
  Und sang zur Harf' in Dur und Moll
  Gar meisterlich und wundervoll
  Die schönsten Serenaden.

Und dies geschah vor Alters schon,
Ist heut noch Brauch geblieben;
Ich mein', ich säß' auf David's Thron,
Sing' ich ein Lied vom Lieben.
  Der Throne Glanz in Staub verweht,
  Das Reich der Liebe nie vergeht,
  Und wer das Singen recht versteht,
  Ist aller Herzen König.

Wie er eben fertig war und klimperte noch so eine Art Nachspiel, wurde in einem kleinen Gartenhäuschen ein Fenster aufgemacht, hart bei ihm, und eine steinalte Frau lehnte sich heraus. Guten Abend, Herr Minnesinger! sagte sie ausnehmend freundlich. Wo habt Ihr denn das schöne Lied her, das Ihr so gefühlvoll gesungen habt? — Schönen guten Abend, gnädige Frau Geheimräthin! erwiderte Musje Morgenroth — denn so nannte er aus alter Gewohnheit jede vornehme Dame, die ihm vorkam; — mit meinem Singen ist's wohl nicht weit her. Das Lied aber ist ein Erbstück in unsrer Familie; mein Urgroßvater hat es gesungen, da er Bräutigam war. — Ei, sagte die alte Dame, wer seid Ihr denn? — Ich bin der Stiefelputzer Morgenroth, Ew. Gnaden zu dienen. — Das ist ja ein wunderhübscher Name und eine sehr ehrenwerthe Kunst, sagte die Dame wieder. Hättet Ihr wohl Lust, noch eine Stelle anzunehmen? — Ja, meinte Musje Morgenroth und zupfte an seinen Vatermördern, ich putze nur

Stiefel und Schuhe in Geheimrathsfamilien! — Lieber Gott! lachte die alte Dame, wenn's weiter nichts ist! Ich bin noch weit vornehmer. Ich bin eine Fee außer Dienst, und weil ich ein bischen wackelig geworden bin, habe ich mich in dies Garten= häuschen zurückgezogen und lebe von meinen Renten. — Musje Morgenroth zog seinen Hut und machte einen tiefen Bückling. Ich stehe zu Diensten, Madame Fee, sagte er. — Da lachte die alte Dame wieder und sagte: Hört einmal, ich habe noch ein leeres Gartenhäuschen, da könntet Ihr wohnen. Ihr müßt dann aber Eure anderen Stellen aufgeben; denn bei mir habt Ihr Alles frei und einen vollständigen Anzug zu Ge= burtstag und Weihnacht, aber keinen Lohn, sondern wenn Ihr mir ein Jahr lang gedient habt, sollt Ihr einen Wunsch thun dürfen, den will ich Euch erfüllen, so groß er auch sein mag. — Das ist alles ganz schön, gab Musje Morgenroth zur Antwort; aber Ein Haus kann ich nicht aufgeben, dem Geheimrath von Fresco seins; da putz' ich schon seit meinen Lehrjahren die Stiefel. — Auf das eine Haus soll mir's nicht ankommen, sagte die Fee. Aber habt Ihr sonst Anhang? — Musje Morgenroth wurde roth, kratzte sich hinterm Ohr und sagte dann: Ich wüßte nicht; nur die Jungfer Abendbrod, die Köchin bei Fresco's, die ist mein Schatz, und mit der geh' ich alle Sonntage zum Tanz. — Ich kann gegen eine auf= richtige Leidenschaft nichts haben, erwiderte die alte Dame; nur ins Haus darf sie mir nicht. — Schon gut, brummte Morgenroth, wenn ich nur den Sonntag Nachmittag frei habe und zuweilen in der Woche ein Stündchen bei ihr sitzen kann. — Das soll Euch vergönnt sein, sagte die Fee. Also morgen, hört Ihr wohl? kommt Ihr mit Euren Sachen und richtet Euch ein bei mir. Gute Nacht, Musje Morgenroth! —

Sanfte Ruh, Excellenz! sagte der Stiefelputzer; denn so nannte
er die Dame, weil sie noch vornehmer war als die Geheim=
räthinnen.  Oben das Fenster wurde zugeschlagen, und er
stand wieder allein.  Nun besah er das Häuschen mit Muße.
Es war einstöckig, hatte ein hohes spitzes Dach und grüne
Fensterläden und nach der Straße zu keine Thür, sondern
eine im Zaun; daran hing eine Klingel, und auf dem Klingel=
schilde stand: Claribella, Fee außer Dienst.  Das las Musje
Morgenroth im Mondschein, machte dann seelenvergnügt Kehrt
und schlenderte der Stadt zu.

Bin ich doch auf einmal in noble Verhältnisse gekom=
men! sagte er zu sich selbst.  Morgen im Vorbeigehen ruf'
ich's gleich dem Fritz ins Fenster hinein; da wird er sehn,
daß ich doch ein andrer Kerl bin, als er. — Den Fritz aber
konnte er nicht leiden, weil der mit einem spanischen Rohr
die Kleider klopfte und über sein Pfefferrohr allerlei ehren=
rührige Dinge zu sagen pflegte.  Dann griff er wieder in
die Guitarre, klimperte und sang dazu und machte einen
Luftsprung über den andern.

Es floß ein kleiner Graben durch die Stadt, gerade
hinter dem Hause vorbei, wo Jungfer Abendbrod Köchin war.
Die Kammer aber, darin sie schlief, lag neben der Küche im
Erdgeschoß, und zwar nach dem Wasser zu.  Musje Morgen=
roth band nun einen Kahn, den die Wäscherinnen brauchten,
vom Pfahl, stieg hinein und ruderte mit einer der hohen
Trockenstangen, die am Ufer lagen, unter seiner Liebsten
Fenster.  Da fing er leise an zu präludiren und sang:

> Thu auf, thu auf, Jungfer Abendbrod,
> Dein Liebster harrt allhier.
> Deine Aeuglein blau, dein Mündlein roth

Sind meine Luft und Zier.
Die Nacht ist keines Menschen Freund,
Valdera!
Der's treu und redlich mit dir meint,
Dein Morgenroth ist da.

Da that sich das Fenster auf, und Jungfer Abendbrod sah
schon halb verschlafen heraus. Sie hatte blondes Flachshaar,
glatt gestrählt, und ein paar Wangen, die röther waren, als
die Aepfel am Baum. Das kam daher, daß sie den ganzen
Tag in der Glut am Herde stehen mußte. Guten Abend,
lieber Musje Morgenroth! sagte sie. Ich hab' Euch heute
nicht mehr erwartet, aber eine Bratwurst und ein Weißbrod
hab' ich Euch vom Mittag aufgehoben, dazu ein Stück
Rosinenkuchen. — Vergelt's Gott, liebste Jungfer Abendbrod!
sagte Der im Waschkahn. Reicht mir nur die Victualien
heraus; denn ich habe einen recht nobeln Appetit. — Die
Jungfer verschwand einen Augenblick; dann kam sie wieder
zum Vorschein, reichte ihm die Wurst in einer schönen blauen
Düte hinab und das Weißbrod und den Rosinenkuchen,
und Musje Morgenroth steckt's alles in seine Rocktaschen.
Darauf fing er an und erzählte ihr, wie er nun in so
noble Verhältnisse gekommen wäre, und daß die Excellenz
gesagt habe, gegen eine aufrichtige Leidenschaft könne sie nichts
haben; und wenn das Jahr um wäre, wolle er sich Haus
und Hof wünschen, dann könne er sie heirathen. — Aber
sagt einmal, fragte die Jungfer, wie alt ist wohl die Dame? —
Schatz, erwiderte Musje Morgenroth, es braucht der Eifersucht
nicht. Sie sieht einer Nachteule ähnlicher als einem Menschen,
und ich glaube gar, sie hat keinen Zahn mehr im Munde. —
Ach Gott, wie komisch! rief Jungfer Abendbrod und lachte,

bloß um ihre blanken Zähne zu zeigen; denn eigentlich ist nichts dabei zu lachen, wenn Jemand keinen Zahn mehr im Munde hat. So schwatzten sie noch eine Viertelstunde zusammen, wie sie ihr Häuschen einrichten wollten, und eine schöne große Küche werd' ich haben und viel blankes Kupfergeschirr, sagte Jungfer Abendbrod; dann hörten sie Mitternacht schlagen. Ich muß nun fort, meinte Musje Morgenroth. Nur noch ein Küßchen, liebste Jungfer! Sie bog sich ein bischen heraus, und er kletterte an der Wand hinauf, hielt sich oben am Fensterkreuz fest und gab ihr einen herzhaften Gutnachtkuß. Wie er sich aber umsah, um in den Kahn zurückzuspringen, war der hinterlistiger Weise fortgeschwommen, und die Guitarre lag auf der Ruderbank und schwamm mit. Ach Himmel! rief Musje Morgenroth, was fang' ich nun an? — Jungfer Abendbrod bekam einen gewaltigen Schreck. Hier am Fenstersims könnt Ihr nicht hängen bleiben, das hält kein Mensch aus die ganze Nacht; und wenn Euch am andern Morgen die Leute sähen, ich wär' des Todes! Wißt Ihr was? Ich laß' Euch in die Küche. — Damit half sie ihm durchs Fenster in ihre Kammer, schob ihn aber eilig durch die Thür in die große dunkle Küche und schloß hinter ihm ab. Da stand nun Musje Morgenroth und wagte keinen Schritt zu thun. Endlich ging er ein wenig vorwärts, aber bauz! da stieß er an die Kante von dem großen Küchentisch. Er wußte zwar sonst ziemlich Bescheid hier, war aber ganz verwirrt von dem Schreck. Endlich jedoch fand er den Herd und streckte sich sachte daneben hin, daß der Kopf auf einem Reisbündel zu liegen kam. Wie er nun so lag, fiel ihm ein, er hätte ja die Bratwurst noch in der Rocktasche und das Weißbrod nebst dem

Rosinenkuchen. Da fing er ganz verstohlen an zu essen, und das that ihm gar sanft. Hernach dachte er: Willst doch einmal sehn, ob Jungfer Abendbrod schon schläft; und da sang er mit leiser Stimme:

> Lieber Schatz, was machst du?
> Schläfst du, oder wachst du?
> Unten bei dem Feuerherde
> Lieg' ich auf der blanken Erde,
> Habe schon die Wurst gefressen,
> Kann dich aber nicht vergessen,
> Weil die Sehnsucht immer wacht.
> Gute Nacht! Gute Nacht!

Aus der Kammer nebenan gab Jungfer Abendbrod eben so leise zur Antwort:

> Thät mich schon zu Bette legen,
> Bet' nur noch den Abendsegen.
> Mondschein zwischen Wolkenschäfchen
> Dämmert mich wohl bald ins Schläfchen.
> Lege dich fein still aufs Ohr,
> Mach mir nicht so viel Rumor,
> Daß im Hause Keins erwacht!
> Gute Nacht! Gute Nacht!

Sie ist eine verständige Person und weiß immer, was sich schickt, sagte Musje Morgenroth. Satt bin ich auch und die Wurst war gut, also wollen wir den Schlaf des Gerechten zu schlafen suchen. — Damit legte er sich aufs Ohr und nach drei oder vier Athemzügen war er richtig eingeschlafen. Die kleinen Mäuse, die aus den Löchern herausschlüpften, wunderten sich nicht wenig über die ungewohnte Gesellschaft, ließen sich aber nicht stören, sondern hielten in der Küche

Ball, wie alle Nacht, pfiffen sich lustige Stücklein zum Tanz,
und wenn sie ausruhten, naschten sie aus Jungfer Abend=
brob's Zuckerdose oder knabberten an dem Brode, das im
Küchentisch lag. Eines aber kam aus Versehen über Musje
Morgenroth's Nase gelaufen; da schlug er im Traum um sich,
daß die ganze Gesellschaft erschrak und sich wieder verkroch.
Und so hatte er die übrige Nacht Ruhe vor ihnen.

## Zweites Kapitel.

### Wie Musje Morgenroth sich nobel einrichtet.

Der Hahn hatte noch kaum gekräht, da stand Jungfer
Abendbrod schon bei ihrem Liebsten und weckte ihn. Guten
Morgen, Schatz! sagte er und richtete sich auf. Au weh!
die Schlafstelle war nicht die weichste, und mich schläfert
noch gewaltig! — Hilft nix, sagte die Jungfer, Ihr müßt
absolut aus dem Hause hinaus. Der Wächter hat eben
aufgeschlossen, und wenn erst die Bäckerläden aufge=
macht werden, kommt Ihr nimmer unbemerkt fort. — Jesus!
schrie da mit einem Mal Musje Morgenroth, und meine
Guitarre hab' ich ganz vergessen. Die ist am Ende ge=
stohlen! Ich überleb's nicht! — und so stürzte er aus der
Küche, lief die Treppe hinab und zur Hausthür hinaus.

Es war noch kühl und still draußen, kein Mensch ging
auf der Gasse; nur die alten Mütterchen, die nicht lange
schlafen können, saßen in ihren Nachthauben am Fenster und
begossen die Blumen, oder gaben dem Vogel im Bauer sein
Futter, und die Katzen lagen auf den Thürschwellen und putzten
sich und leckten ihr Fell zurecht. Musje Morgenroth aber lief,

ohne rechts oder links zu sehen, an den Graben und ging suchend dem Wässerchen nach. Da fand er endlich den Waschkahn, der eine Strecke weit hinabgeschwommen war. Die Guitarre lag unversehrt auf der Ruderbank, die Trockenstange unten im Kahn, und Musje Morgenroth schlug vor lauter Vergnügen ein Rad bis in den Kahn hinein. Darauf nahm er die Stange zur Hand und fuhr wieder den Graben hinauf, ganz stille, daß Keiner das Plätschern hören sollte, band das Fahrzeug am Pfahl wieder fest und sprang mit der Guitarre hinaus.

Wie er dann durch die alte Stadt ging, war ihm zu Muth, als wäre er nie so fröhlich gewesen. Und weil er immer, wenn er vergnügt war, eins singen mußte, sang er sich gleich ein Morgenlied:

Wenn noch kaum die Hähne krähen,
Macht sich auf der Morgenwind,
Feget aus mit starkem Wehen
Stadt und Flur und Wald geschwind.

Allen Bäumen in der Runde
Schüttelt er die Locken aus,
Weckt die Blümlein in dem Grunde,
Lockt die Lerch' ins Thal hinaus.

Nebel, die an Bergen hangen,
Jagt er ohne Gnade fort.
Kommt Frau Sonne dann gegangen,
Find't sie sauber jeden Ort.

Will sie bei dem treuen Winde
Sich bedanken in Person,
Ist er, daß ihn Keiner finde,
Ueber alle Berge schon.

So kam er an ein stattliches Haus, da wohnte eine von seinen Herrschaften drin. Geheimraths Liese — so hieß die Köchin — stand vor der Thür und sagte: Schönen guten Morgen, lieber Musje Morgenroth! Ihr kommt ja zeitig heut! — Der aber hatte sich schon überlegt, was er darauf zu sagen hatte, stellte sich in Positur und sprach:

> Ich bin in noble Verhältnisse gekommen,
> Eine Fee außer Dienst hat mich in Dienst genommen;
> Nun muß ich jedoch aus dem Dienste treten
> Bei Herrn Geheimrath und Frau Geheimräthen.
> Doch, Liese, bestelle, daß ich bleibe bis in den Tod
> Ihr gehorsamer Diener Musje Morgenroth.

Damit ging er fort und begegnete Geheimraths Käthe; die fragte ihn ebenso, u nd der sagte er dasselbe. Dann kam Geheimraths Dörthe, und dann Geheimraths Annemarie, und dann die Grete, die Line und die Cläre, und die waren alle Geheimrathsköchinnen, und all denen sagte er dasselbe. Zu allerletzt aber kam er zu Fresco's, und da setzte er sich bei Jungfer Abendbrod in die Küche und trank Kaffee, den sie ihm kochte, und aß einige frische Semmeln dazu und putzte dann die Stiefel und Schuh vom Herrn Geheimrath und Frau Geheimräthin und den zwölf Fräuleins und jungen Herren, wobei er seiner Liebsten ein schönes Lied nach dem andern vorsang.

Mittlerweile war es acht Uhr geworden; da dachte er: Es wird Zeit sein, daß ich in meine neue Wohnung ziehe; sonst denkt Excellenz Claribella, ich sei ein rechter Schlafpelz. Beurlaubte sich also bei Jungfer Abendbrod und ging zum Thor hinaus. Wie er nun zu dem kleinen Häuschen kam, lag die alte Dame schon im Fenster und sagte ganz freund=

lich: Guten Morgen, Musje Morgenroth! Wo hinaus? — Ich wollte eben zu Ew. Excellenz ziehen, sagte der. Es bleibt doch dabei? — Ei freilich, meinte die Fee, das Gartenhäuschen ist schon aufgeräumt; die Wagen aber kommen wohl nach? — Welche Wagen, Excellenz? — Ei nun, die Möbelwagen, die Eure fahrende Habe hierher bringen. — Ach du lieber Gott! sagte Musje Morgenroth und hätte fast gelacht, wenn es nicht unschicklich gewesen wäre; all meine fahrende Habe führe ich am eigenen Leibe mit mir, und drei Hemden und drei Paar Socken, die ich noch von der Mutter her habe, sind bei der Wäscherin, die wird sie morgen hier herausbringen. Da erstaunte die Fee sehr, da sie auf reichliche Leibwäsche hielt, wie alle alten Damen, warf ihm aber doch den Schlüssel zur Hausthür aus dem Fenster; da trat er ein und fand auch bald sein Gartenhäuschen. Die alte Excellenz führte ihn selbst hinein; drinnen stand ein Bett und rings lauter Kleiderschränke und Kommoden, aber alle leer. Ei, sagte Musje Morgenroth, da kann ich meine drei Hemden und meine drei Paar Socken bequem unterbringen! Die Fee that, als hörte sie's nicht, denn sie war sehr geizig; sonst hätte sie dem armen Menschen wohl die Kisten und Kasten mit hübschen Sachen füllen können. Laßt's Euch lieb sein, sagte sie, daß Ihr so viel Gelaß habt; man kann nicht wissen, wozu das einmal nutzt. Wenn's einmal Dukaten regnet oder Bratäpfel oder sonst was Guts, so wißt Ihr gleich, wo Ihr sie hinthun könnt, und dann kommen Die schlecht weg, die keinen Platz haben. — Das leuchtete ihm auch ein, und er sagte: Ich will nur den einen Schrank ein bischen bei Seite schieben, sonst kann ich gar nicht zu meinem Bett; und da=neben muß auch das Puppenbettchen stehn für mein Pfeffer=

rohr. Das hatte er aber im Vorbeigehn bei der Wittwe abgeholt, bei der er seine Schlafstelle hatte.

Da Ihr Euch nun eingerichtet habt, fing die alte Excellenz wieder an, will ich Euch sagen, was Ihr jeden Tag zu thun bekommt. Morgens ganz früh müßt Ihr in den Garten und die Wege sauber machen, und die Spinnen und Käfer beiseit kehren; denn die mag ich nicht leiden. Nachher putzt Ihr die Schuh, die vor meinem Schlafzimmer stehn, und wenn Ihr damit fertig seid, klopft Ihr dreimal an die Thür und sprecht dabei folgenden Vers:

Sonn' ist eben aufgegangen,
Spiegelt ihre goldnen Wangen
In den blitzeblanken Schuhen.
Wollten Excellenz geruhen,
Dero Schlaf nehm' jetzt ein End',
Weil der Kaffee sonst verbrennt.

Und dann bringt Ihr mir meine Kaffeemaschine an die Thür, die singt, wenn der Kaffee fertig ist: „Wie schön leucht't uns der Morgenstern." Wenn ich gefrühstückt habe, mögt Ihr zu Fresco's gehn; aber zu Mittag seid wieder hier, da müßt Ihr mir das Essen kochen: ein Weinsüppchen, ein Rinds=rippchen und einen Eierkuchen mit Marmelade. Nach Tisch les't Ihr mir die Zeitungen vor und gebt meinem Papagei Geographiestunde. Dann ist der Tag Euer. — O weh, sagte Musje Morgenroth, meine Geographie reicht nicht viel weiter als bis zum nächsten Kirchspiel. — Schadet nichts, sagte die Fee, es sind nur allgemeine Kenntnisse nöthig, daß der Lori etwas mehr Welt bekommt. Nun wißt Ihr, was Ihr zu thun habt. Zu essen bekommt Ihr, was ich übrig lasse; und da habt Ihr noch ein Tuch, das ist ein Hungertuch, und wenn's einmal nicht reichen sollte, Euch satt zu machen, könnt Ihr an dem Hungertuch nagen; dann haltet Ihr's trefflich aus. — Danke schön, sagte Musje Morgenroth; wenn ich einmal einen Extra-Appetit spüre, geh' ich zu Jungfer Abendbrod, meinem Schatz. — Wie Ihr wollt, sagte die Fee; aber heimlich war sie recht froh, denn sie war eine gute Wirthin und liebte die Dienstboten zumeist, die am wenigsten aßen.

Wie es nun Mittag wurde, ging Musje Morgenroth in die kleine Küche und kochte das Weinsüppchen, das Rindsrippchen und den Eierkuchen mit Marmelade, und weil er eine perfecte Köchin zum Schatz hatte, machte er Alles so gut, daß die Fee ihn nicht genug loben konnte. Nachher, als er das Geschirr gesäubert hatte, rief sie ihn in ihr Wohnstübchen. Da sah es ganz vornehm und feenhaft aus! An den Wänden erblickte man die Vorfahren der Excellenz Claribella ausgehauen und gestochen, und über dem Sopha hingen ihr Tauf- und Confirmationsschein in goldnen Rahmen mit Smaragden und Rubinen, die ganz erstaunlich glitzerten. Der Lori war auch da und schien ein sehr verwöhntes Federvieh zu sein, denn seine Herrin hielt ihm immer die Stange, auf der er saß. Als nun Musje Morgenroth hereintrat und ihm eine höfliche Verbeugung machte, verzog er seinen Schnabel zu einer spöttischen Grimasse und sagte: Bella, der Mensch gefällt mir nicht. — Er soll dir auch nur Geographie beibringen, sagte die Fee, hieß Musje Morgenroth sich zu ihr auf einen Stuhl setzen und gab ihm die Staatszeitung und das Intelligenzblatt. Die las er von A bis Z vor, alle Dienstgesuche, Wohnungen, die zu vermiethen sind, vermischten Nachrichten und reellen Heirathsgesuche in einem Strich, und

die Fee streichelte unterdeß den Papagei und sagte von Zeit
zu Zeit: Sehr interessant! — Wie er nun fertig war,
sagte die Fee: Ihr les't recht fließend, Musje Morgenroth.
Es wird wohl auch mit der Geographie passabel gehn. Da
faßte sich der arme Mensch ein Herz, und weil es nur das
Allgemeine sein sollte, fragte er den Lori: Junger Herr,
könnt Ihr mir sagen, wie die Erde eingetheilt ist? — Der
Lori schwieg auf diese verfängliche Frage, und Musje Morgenroth beantwortete sie selbst, wie er sich's vorher in
der Küche zurechtgelegt hatte: Die Erde, ist eingetheilt in
Länder, Städte, Flecken und Dörfer. Dann fragte er weiter
und schwitzte die hellen Tropfen: Und wißt Ihr anzugeben,
wie die Flecken eingetheilt werden? — Ja, sagte der Lori,
in Tintenflecke, Obstflecke, Fettflecke und Baumflecke. — Hört
Ihr? flüsterte die Fee dem Musje Morgenroth zu, er weiß
doch gleich Bescheid. — Ach ja, sagte der schwitzende Magister;
er hat nur die Marktflecken ausgelassen. — Was ich doch
immer schon fragen wollte, sagte der Lori, wo liegt eigentlich
das Land, wo der Pfeffer wächs't? Denn da bin ich ge-
boren. — Ei, erwiderte Musje Morgenroth, und da möchte
ich gar zu gern hin. Es muß da so ein hunderttausend Meilen
hinterm Berge liegen. Wie er das aber heraus hatte, wurde
ihm ganz schlimm; denn er meinte, die Fee müßt' es besser;
sagte also, er bekäme plötzlich heftiges Zahnweh, er müsse
für heute schließen. Damit schien der Lori ganz zufrieden
und die Fee, die ihm immer die Stange hielt, auch, und
Musje Morgenroth machte, daß er fortkam.

Er lief aber mit der Guitarre geraden Weges zu
Jungfer Abendbrod; die fand er in der Küche sitzen und
im Kochbuch lesen. Wie sie ihres Liebsten ansichtig ward,

legte sie ein Zeichen in das Buch, holte ein Viertel von einem Kapaun hervor, ein Glas Wein und ein Stück Torte — denn es war dem Herrn Geheimrath sein Geburtstag gewesen, — das setzte sie Musje Morgenroth vor. Dem war das Zahnweh schon unterwegs vergangen; saß also ganz fröhlich nieder und aß. Dazwischen erzählte er der Jungfer, wie er sich eingerichtet. Ach, schloß er, als er eben das letzte Knöchlein benagte, es will mir schon gefallen in den nobeln Verhältnissen, wenn nur die Geographiestunde nicht wär' und in der Kammer nicht so viel Gelaß, daß ich mich kaum umdrehn kann. Nu, sagte Jungfer Abendbrod, haltet nur ein Jahr lang aus! Hernach soll's uns schon desto besser gehn. Indem sie das sagte, räumte sie das Geschirr beiseit, und dann setzten sie sich zusammen auf den Küchentisch und sangen die schönsten Lieder, wie: „Putthähnechen, Putthühnechen" 2c. und „der Kukuk ist ein alter zisele bumbum basele besele" 2c.; aber am schönsten klang doch ihr Leibstückchen:

> Pumpelnäs' und Singesteert
> Saßen auf dem Feuerherd
> Ohne Kien und ohne Licht,
> Pumpelnäschen, stoß dich nicht!

Das sangen sie wohl ein Dutzend Mal, und Musje Morgenroth spielte dazu auf der Guitarre und Jungfer Abendbrod ließ ihre Füße im Takt an den Küchentisch baumeln, daß man weit und breit für schweres Geld nichts Schöneres hätte hören können.

## Drittes Kapitel.

### Wie durch einen verunglückten Kaffee viel Glück zu Wasser wird.

So ging das ein ganzes Jahr lang, und Musje Morgenroth hatte nicht nöthig an dem Hungertuch zu nagen, weil er eine Köchin zum Schatz hatte. Zu Geburtstag und Weihnacht bekam er eine neue Liverey, die war ganz absonderlich schön, alter grüner Sammet von einem früheren Reitkleide der Fee Claribella, mit Schmetterlingsflügeln besetzt am Kragen und an den Aufschlägen, Nankinghosen mit Gamaschen und einen Hut von veilchenblauer Seide, um welchen der Altejungfernkranz der Excellenz gewunden war. Musje Morgenroth sah gar stattlich in dem Anzuge aus, so daß alle Leute auf der Straße stehn blieben und sagten: Ei was für eine schöne Liverey! Nun wußte er auch, wozu seine Schränke da waren. In den ersten hing er Abends die neue Liverey, in den zweiten seine alten Kleider, in den dritten das erste Hemd, in den vierten das zweite und so fort in jeden Kommodenkasten ein Stück. Da war er vor Unordnung sicher.

Mit der Geographiestunde ging es auch besser, als er gedacht hatte. Er fing mit den nächstliegenden Dörfern an und erzählte dem Lori von jeder Kirchweih, auf der er getanzt, und von jedem Erntefest, das er mitgemacht hatte. Das war ein sehr nützlicher Unterricht, denn da bekam der Lori einen allgemeinen Begriff von Kuchenwecken, Aepfelwein, Schweinebraten und Hirsemus; und das ist für viele Menschen zur Weltläufigkeit ausreichend; warum nicht für einen Papagei, dem eine Fee außer Dienst die Stange hält?

Wie nun das Jahr fast um war, — es war nur noch

ein einziger Tag dazwischen — erinnerte Musje Morgenroth die Excellenz an ihr Versprechen, ihm einen Wunsch, wie groß er auch wäre, zu erfüllen. Ja wohl, sagte die Fee, denkt Euch nur was Hübsches aus! Das war aber recht schlecht von ihr, daß sie das sagte; denn sie hatte doch vor, den armen Menschen zu betrügen, weil sie so geizig und mißgünstig war. Musje Morgenroth aber ging spornstreichs zu seiner Jungfer Liebsten, um ihr sein Glück zu erzählen. Er fand sie am Herde stehen, und über dem Feuer hing ein großer Waschkessel. Was kocht Ihr da, Jungfer Abendbrod? sagte er. — Kaffee, liebster Musje Morgenroth. Unser ältestes Fräulein giebt heut einen großen Klatschkaffee, wozu hundert und ein Geheimrathsfräulein eingeladen sind. — Indem hörten sie etwas die Treppe heraufkommen. Horcht! sagte die Jungfer, da kommen sie. Musje Morgenroth aber war nicht faul, rückte einen Stuhl vor die Küchenthür und sah oben durch die Ritze. Da kamen die hundert und ein Geheimrathsfräulein richtig im Gänsemarsch daher, und alle trugen schwarzseidene Kleider mit silbernen Sternen und hatten Nähkästchen von schwarzem Ebenholz in der Hand, die auch mit silbernen Sternen eingelegt waren. In der Stadt herrschte nämlich der sogenannte Kastengeist; denn die Töchter in den verschiedenen Ständen unterschieden sich durch die Nähkasten, und eine Professorstochter mußte einen andern haben als eine Geheimrathstochter, und eine Schneiderstochter wieder einen andern als ein Professors= fräulein. Die Nähkästchen der Geheimrathsfräulein waren aber deßhalb schwarz mit Sternen, weil das die Nacht vor= stellt, die alles Geheime zudeckt, und weil guter Rath über Nacht kommt.

Da sie nun vorüber waren, stieg Musje Morgenroth herunter und sagte: Weißt du, Schatz? morgen ist das Jahr um, da thu' ich meinen Wunsch. Ha, das soll ein Leben werden! Er setzte sich wieder auf den Küchentisch und stimmte die Guitarre. Ach laßt lieber das Singen! sagte die Jungfer; denn wenn ich nicht Acht gebe, brennt mir der Kaffee an. Ihr Liebster aber sagte: Wir werden doch wohl am Abend vor unserm feenhaften Glück eins singen dürfen! schlug ein paar Accorde an, und Jungfer Abendbrod mochte wollen oder nicht, sie mußte mitsingen, wie er folgendes Lied an=stimmte:

> Wie trag' ich doch im Sinne
> So wunderfrohen Muth!
> Das kommt von süßer Minne,
> Die heimlich brennen thut.
> Im Walde lacht der Mai,
> Nun geht's ans Wandern frei;
> Und böt' man tausend Kronen mir,
> Ich wär' nicht mit dabei.
>
> Mein Schatz hat lichte Haare
> Und Wänglein weiß und roth;
> Von ihr will ich nicht fahren,
> Es scheid' uns denn der Tod.
> In aller weiten Welt
> Mir nichts so wohl gefällt;
> Seit ich mein'n Schatz zuerst erschaut,
> Ist's Wandern mir vergällt.
>
> Drei Wochen nach Michaele
> Geht's an ein lustig Frei'n.
> So froh mag keine Seele
> Auf dieser Erde sein.
> Ein eigen Haus und Herd

Sind Kaiserkronen werth,
Und kommt mir je das Wandern an,
Ich mach' schon zeitig Kehrt.

Das Lied war eben aus, da trat der Bediente herein und trug ein großmächtiges Brett, auf welchem hundert und eine schwarze Kaffeetassen mit silbernen Sternen standen und eine riesenhafte Kanne. Jungfer Köchin, sagt' er, gießt mir flugs die Kanne voll; die Fräuleins haben sich schon die Zungen trocken geschwatzt. — Jungfer Abendbrod trat zu dem Waschkessel, aber mit einem lauten Schrei stürzte sie zurück. Ein unausstehlicher Brandgeruch stieg vom Kaffee in die Höhe und durchräucherte die ganze Küche. Ach du grundgütiger Gott! jammerte sie, was wird die Frau Geheimräthin sagen! — Die aber trat in demselben Augenblick zur Thür herein und rief: Johann, wie lange wird's? Johann machte ein verlegenes Gesicht und deutete nach dem Waschkessel und Jungfer Abend= brod. Da begriff die Geheimräthin den ganzen Zusammen= hang und rief: Den Augenblick packst du deine Sachen zu= sammen und scherst dich aus dem Hause! Wer·bei einer so feierlichen Gelegenheit seine heiligsten Pflichten vernachläßigen und den Kaffee anbrennen lassen kann, verdient nicht Köchin bei einer wirklichen Geheimrathsfamilie zu sein! — Und wie sie das gesagt hatte, blau und roth vor Zorn, verließ sie die Küche und warf·die Thür hinter sich zu, daß die kupfernen Kessel ganz erschrocken einander anstießen, als wollten sie sagen: Habt ihr gehört? Die ist einmal böse!

Jungfer Abendbrod lehnte an der Wand und weinte die langen bittern Zähren. Musje Morgenroth saß noch immer auf dem Küchentisch und hatte Mund und Augen weit offen stehen vor Schreck; Johann aber hatte sich leise davongemacht. Endlich trocknete die Jungfer ihre Thränen und fing an, in stummem Gram ihr bischen Kleider in ein Bündel zu packen. Aber, liebster Schatz, sagte Musje Morgenroth, was härmt Ihr Euch so gar grausam? Morgen thu' ich meinen Wunsch, und dann heirathen wir uns. — Ach nein! schluchzte Jungfer Abendbrod, daraus wird nichts; unsereins hat auch seine Ambition, und so ein fortgejagtes Ding ohne Schein, die ihre heiligsten Pflichten so feierlich vernachlässigt und den Kaffee hat anbrennen lassen, sollt Ihr nimmermehr freien. Das könnten wir nie verantworten vor unsern Kindern; die müßten sich ja schämen vor den Leuten. Ach Gott! — und da fing sie wieder an zu weinen. — Seid doch nur ruhig, liebste Jungfer! sagte Musje Morgenroth und sprang vom Küchentisch, ich habe Euch nicht minder lieb darum, daß Ihr den Kaffee habt anbrennen lassen und fortgejagt werdet außer der Zeit und keinen Schein bekommt; denn an all dem bin ich ja selber Schuld! — Die Jungfer aber wollte sich nicht trösten lassen, sagte immerfort, er solle sich eine Andre suchen, die nicht so in Schimpf und Schande gekommen wäre, und hatte indeß ihr Bündel fertig geschnürt. — Und wo wollt Ihr nun hin? sagte ihr Liebster. — Ich habe noch die alte Cousine hier in der Stadt, Jungfer Gretchen Leisegang; die wird mich wohl aufnehmen in meinem Unglück. — Nun dann kommt in Gottes Namen! sagte Musje Morgenroth, machte die Thür auf, blieb aber wie versteinert stehn. Die hundert und ein Geheimrathsfräulein nämlich gingen eben wieder die Treppe hinunter, denn sie hatten in der höchsten Entrüstung Abschied genommen und wollten wieder nach Haus. Sie sahen alle bitterbös aus, und wie sie an der Küche vorbeikamen, warf eine jede der Jungfer

Abendbrod einen verachtenden Blick zu und dann rauschten sie vorüber.

Ach Gott, lieber Musje Morgenroth! rief die Jungfer weinend aus, habt Ihr wohl die Blicke gesehn? — Der aber stand selbst wie versteinert. Verachtet von hundert und ein Geheimrathsfräulein! sagte er vor sich hin; das ist hart! — Und in stiller, schweigender Verzweifelung stiegen sie die Treppe hinab und gingen selbander zu Jungfer Gretchen Leisegang, welche die weinende Jungfer Abendbrod mitleidig tröstend aufnahm.

## Viertes Kapitel.

Wie es Musje Morgenroth wider seinen Willen nach Wunsch geht.

Als Musje Morgenroth am andern Morgen in seinem Gartenhäuschen saß, war ihm recht trübselig zu Muth. Seine schönsten Luftschlösser waren zerstört, seine jahrelange Liebesmühe umsonst. Ach, seufzte er halb ärgerlich, halb traurig, ich wollt', daß ich wäre, wo der Pfeffer wächs't! — Der Wunsch soll Euch erfüllt werden, sagte Excellenz Claribella, die eben in die Thüre trat. Da fiel dem armen Musje Morgenroth erst wieder ein, daß heute das Jahr um sei und er einen Wunsch frei habe; aber so hatte er's gar nicht gemeint. Doch wußte er, daß die Fee ihren Willen haben mußte, auch wenn's einem Andern einmal nach Wunsch gehen sollte, sagte also, es wär' ihr ganz recht so; und halb recht war's ihm auch; denn es lag ihm an gar nichts mehr viel, seit er Jungfer Abendbrod nicht haben sollte. Die Fee aber war heimlich sehr froh, daß sie Musje Morgenroth so belauert hatte, führte ihn in eine Rumpelkammer, wo viele alte verstaubte Zaubersachen herumlagen, und nachdem sie einige diamantene Schwerter, Drachen, Wünschelruthen und Quecksilberseen bei Seite geschoben hatte, holte sie einen alten Stuhl hervor, der seltsam genug aussah. Statt der vier Beine hatte er vier Gänseflügel; ein kleiner Schornstein war an der Rückwand befestigt und unter dem Sitz eine ganz kleine Dampfmaschine. Auf der Lehne aber stand mit goldenen Buchstaben: Concessionirter Dampfstuhl zur Reise ins Pfefferland.

Wie Musje Morgenroth des Dampfstuhls ansichtig ward, verschwand sein Trübsinn. Ei, sagte er, wie bequem muß sich's da reisen lassen! Aber wißt Ihr was, Excellenz? Wenn Ihr ein christliches Werk thun wollt, so kümmert Euch, wenn ich fort bin, ein bischen um Jungfer Abendbrod und schreibt mir, wie es ihr geht. — Ich habe schon die ganze Geschichte im Morgenblatt gelesen, sagte die Fee. Wenn Ihr ein paar Zeilen an Euren Schatz schicken wolltet zum Valet, so könnt Ihr ihr vorschlagen, während Ihr auf Reisen geht, an Eurer Stelle in meinen Dienst zu treten. Nachher geb' ich ihr einen guten Schein; dann wird sie wohl nichts dagegen haben, Euch zu heirathen. Freilich bekommt sie keinen Lohn, hat aber Alles frei, wie Ihr, und das Hungertuch laßt Ihr auch zurück. — Da war Musje Morgenroth wie im Himmel, und was das Hungertuch betraf, dacht' er: Noch niemals ist eine Köchin Hungers gestorben, und dann hat sie ja auch die Cousine hier, die Jungfer Gretchen Leisegang, da wird sie wohl nicht verderben und es mehr der Ehre wegen thun und um den Schein, als um gute Tage zu haben; setzte sich also hin und schrieb seinem Schatz folgenden schönen Brief:

Liebste Jungfer Abendbrod!
Dein getreuer Morgenroth
Reiſet, weil du ihn nicht magſt,
Dahin wo der Pfeffer wachſ't.
Woll' indeſſen dich bequemen,
Dienſt bei Excellenz zu nehmen.
Was zu thun iſt, weißt du ſchon;
Doch bekommſt du keinen Lohn,
Aber Holz und Eſſen frei,
Auch das Hungertuch dabei.
Fürchte nicht die Geographie;
Lori iſt ein gutes Vieh,
Und die Fee hält ihm die Stange;
Drum, mein Feinslieb, ſei nicht bange!
Werd' ich einſtens wiederkehren,
Darfſt du dich nicht länger wehren,
Stell' ich mich als Freier ein;
Kriegſt auch einen guten Schein.
Nun ade, herzliebſter Schatz!
Habe nimmer Zeit noch Platz,
Bitt' indeß, noch vor dem Schließen,
Gretchen Leiſegang zu grüßen.
Punktum. Streuſand. Bis zum Tod
Dein getreuer Morgenroth!

Dieſen Brief ſiegelte er zu, ſchrieb die Adreſſe drauf: „An die tugendbelobte Jungfer Abendbrod, ehemalige Geheimrathsköchin Wohlgeboren, wohnhaft bei Jungfer Gretchen Leiſegang, ihrer Couſine, Allhier", und gab ihn einem kleinen Straßenjungen und ſeinen letzten Dreier dazu, er ſollt's pünktlich ausrichten. Denn, hatte ihm die Fee geſagt, Reiſegeld braucht Ihr nicht; Ich weiß, Ihr werdet im Pfefferland Euer Glück machen. Da trug denn Musje Morgenroth den Dampfſtuhl in den Garten, heizte die Maſchine, unb als er Guitarre und Rohrstöckchen hatte und das Bündel mit den drei Hemden und drei Paar Socken, zog er die Liverey von letzten Weihnachten an, setzte das Hütchen aufs linke Ohr und sich in den Stuhl, und nun — hast du nicht gesehen, so siehst du nicht — in die blaue Luft und in die weite Welt.

Der Dampfstuhl aber stieg so ein zweihundert Fuß senk=recht in die Höhe, dann machte er linksum und flog über den Berg fort immer in einem Strich. Hei, schrie Musje Morgenroth, das ist einmal eine flinke Fahrt! Es saß sich da ganz behaglich; freilich war's ein bischen warm unter dem Sitz, und der Schornstein blies ihm den Rauch gerade in den Nacken; aber man konnte weit in die Thäler hineinsehen, und die Häuschen unten lagen wie aus einer Nürnberger Schachtel aufgestellt in den grünen Büschen. Wie er nun über das nächste Dorf weg flog, sah er da im Kruge das hübsche Aenn=chen, die trug drei große Schoppen Landwein. Brrr! schrie er. Halt, Schwager! Halt! Will einen Schoppen mit auf die Reise nehmen! — Ja da schwagerte sich aber gar nichts; der Dampfstuhl flog seinen Weg unaufhaltsam weiter, und Musje Morgenroth mußte sich den Durst vergehen lassen, so viel er auch schimpfte, was das für eine grobe Wirthschaft sei, einen honnetten Reisenden nicht einmal aussteigen zu lassen! — So flog er eine Strecke weiter, gerade über einen großen Wald weg. Da sah er auf der Straße, die hindurch=ging, drei kleine Wanderer kommen, barfuß, ein Jüngelchen und zwei Mädchen, und weil's so schöne Kinder waren, dachte er: willst ihnen was Liebes thun! zog die drei Paar Socken aus seinem Bündel und warf sie ihnen hinunter. Zwei kamen richtig zur Erde, gerade den Mägdlein vor die Füße.

Dem Bübchen seine blieben oben in einer Tanne hängen,
aber es war gar nicht faul und fing an hinaufzuklettern.
Ob es sie noch erwischt hat, erfuhr Musje Morgenroth nicht;
denn in der nächsten Minute war er schon weit, weit weg.

Da sah er wieder unten an einem See ein junges
Dirnlein stehn, die wusch Hemden in den klaren blauen
Wellen. Sie hatte genau so flachsblonde Zöpfe, als wie
Jungfer Abendbrod, und schöne rothe Wangen. Ach Himmel!
seufzte Musje Morgenroth und dachte recht sehnsüchtig an
seinen fernen Schatz. Unten das Dirnlein blickte zufällig hinauf; wie sie aber das seltsame Fuhrwerk durch die Luft daherkommen sah, that sie einen lauten Schrei, und das Hemb,
das sie eben wusch, glitt ihr aus den Händen und schwamm
in den See hinaus. Das hatte Musje Morgenroth kaum
gesehn, als er in sein Bündel griff, zwei Hemden heraus-
holte und sie eilig hinabwarf. Wozu brauch' ich auch so viel
Wäsche? sagte er bei sich; mach' ich doch im Pfefferland mein
Glück! Er hatte aber eben nur Zeit, die Grüße zu sehn,
die das Mägdlein ihm nachwinkte, dann trug ihn der Dampfstuhl wie der Wind aus dem Bereich ihrer blauen Augen.

Er griff leise in seine Guitarre, und das nahm sich in
der stillen Höhe ganz seltsam und träumerisch aus. Dann
sang er:

> All meine Herzgedanken
> Sind immerdar bei dir;
> Sie weichen nicht und wanken
> In Treuen für und für.
> Seit du mich einst umfangen hast,
> Hab' ich verloren Ruh und Rast;
> All meine Herzgedanken
> Sind immerdar bei dir.

Der Maßlieb und der Rosen
Begehr' ich fürder nicht;
Wie kann ich Lust erlosen,
Wenn Liebe mir gebricht!
Seit du von mir geschieden bist,
Hab ich gelacht zu keiner Frist;
Der Maßlieb und der Rosen
Begehr' ich fürder nicht.

Gott wolle Die vereinen,
Die für einander sind!
Von Grämen und von Weinen
Wird sonst das Auge blind.
Treuliebe steht in Himmelshut;
Es wird noch Alles, Alles gut.
Gott wolle Die vereinen,
Die für einander sind!

Er hatte die letzten Verse immer leiser gesungen und sich schwermüthig zurückgelehnt. Wie nun das Lied verklungen war, schlief er ein und berührte nur noch im Traum leise die Guitarre. Die prächtige Nacht zog herauf, die Sterne glitzerten und die alten Sterngucker stiegen aufs Dach und besahen sie mit den langen Fernröhren. Da sahen sie auch den Dampfstuhl durch den Himmel kutschieren, und weil sie nicht draus klug werden konnten, auch auf keiner Sternkarte einen solchen Himmelskörper verzeichnet fanden, und ein Komet konnt' es nicht sein, weil er einen s c h w a r z e n Schwanz hatte, den Rauch nämlich: prophezeiten sie daraus Wunder und Zeichen, daß viele Menschen in dem Jahr sterben würden, und bei vielen Bäckern würde es kleines Brod geben, und in Spanien wär's wahrscheinlich, daß es zu blutigen Kämpfen käme, was Alles nachher richtig eingetroffen ist, weiß aber

nicht, ob zu Ehren Musje Morgenroth's und seines Dampf=
stuhls. Die beiden jedoch kümmerten sich nicht um die Stern=
gucker und ihre Prophezeiungen, sondern flogen immer weiter
in die stille Welt hinaus.

## Fünftes Kapitel.

### Wie Musje Morgenroth zum Pikbuben kommt.

Es war ganz früh, alle Vögel schliefen noch, da senkte
sich der Dampfstuhl, dem die Feuerung ausgegangen war,
ins weiche Gras nieder, und Musje Morgenroth wachte da=
von auf. Er befand sich in einer schönen, wildfremden Gegend:
ein breiter grüner Grund, rings von gewaltigen Bergen um=
schlossen, und auf der einen Seite ging eine mächtige Höhle
tief ins Gebirg hinein, und das war eine Tropfsteinhöhle.
In der Runde standen eine Menge herrlicher Bildsäulen,
große und kleine, die hatte die Höhle alle schon getropft, und
andere waren noch in Arbeit. Vorn aber brannte ein lichter=
lohes Feuer; drüber hing ein Kessel, aus welchem viel Dampf
in die Höhe stieg. Da sperrte Musje Morgenroth die Augen
groß auf, wie er die Herrlichkeit sah, stieg sachte von seinem
Dampfstuhl ab und machte sich nahe herzu. Ei, sagte er,
das ist ja eine bequeme Art, Bildhauerarbeit zu verfertigen!
Wie er das aber sagte, bekam er einen heftigen Schreck; denn
aus der Höhle trat ein Riese, der war wirklich ganz unwahr=
scheinlich groß. Guten Morgen, Kleiner! sagte der Riese und
hatte für seine Größe eine recht angenehme Stimme. Großen
Dank, Excellenz! sagte Musje Morgenroth und lupfte sein
Hütchen. — Hört einmal, fing der Riese wieder an, wer

mir hier einen Besuch macht, muß mir dienen; es kommt nur darauf an, ob er ein gebildeter Mann ist, oder so dem lieben Gott sein gar Nichts. Seid Ihr nun ein gebildeter Mann, so braucht Ihr nur Ein Jahr zu dienen; sonst müßt Ihr drei Jahre aushalten. — Verzeihen Excellenz, erwiderte Musje Morgenroth, ich reise in Geschäften in das Land, wo der Pfeffer wächs't; denn ich soll da mein Glück machen. — Ach was! sagte der Riese ärgerlich, ich bin der Pikbube; Ihr müßt wissen, daß Ihr nur zu gehorchen habt, denn ich bin Trumpf. Dabei schnitt er ein fürchterliches Gesicht, und Musje Morgenroth sah nun erst, daß er nur ein Auge hatte: das saß ihm mitten auf der Stirn und sah gerade so aus wie ein Pik-Aß. — Ja, sagte der Kleine, wenn's denn sein muß, thu' ich's von Herzen gern. Uebrigens wäre mir's doch lieb, wenn ich ein gebildeter Mann wäre; denn drei Jahr Ew. Excellenz zu dienen, ist ein bischen viel; unterdeß freit ein Andrer die Jungfer Abendbrod, und ich habe das Nach=sehn. — Wir wollen's gleich untersuchen, sagte der Pikbube; gebt nur gescheidt Antwort auf das, was ich frage. Damit setzte er sich neben den Kessel nieder und hob den Musje Morgenroth auf sein Knie. Dem war dabei nicht eben wohl; aber der Riese sprach ihm Muth ein und sagte, er würde wohl nicht durchfallen im Examen; er säh' ja recht nobel und aufgeweckt aus; und da war Musje Morgenroth wieder getrost und sagte: Fragen Sie nur immer drauf los, Excellenz!

Also fing der Pikbube an und fragte: Was haltet Ihr von den stehenden Heeren? — Ich meine, daß es wackerer ist, sie stehen vorm Feinde, als sie laufen davon.

Damit schien der Riese einverstanden, fragte also weiter:

Warum haben die Chineſer ſo ſchiefe Anſichten von der Welt? — Musje Morgenroth beſann ſich, ſagte aber ganz munter: Ei, ſie werden ja auch immer mit ſchiefen Augen abgemalt.

Gut, ſagte der Rieſe. Nun kommen wir an die alte Geſchichte. Wie urtheilt Ihr über Nero? — Er iſt ſonſt ein ganz gutes Vieh, antwortete Musje Morgenroth; aber er frißt oft das Fleiſch weg aus Jungfer Abendbrod's Küche und hat mich einmal ins Bein gepackt, wie ich zu Fresco's kam. Es iſt freilich ſchon eine alte Geſchichte, ſetzte er hinzu; aber ich fühl's noch immer.

Weiter! fragte der Pikbube: Wer hat's Pulver er=funden? — Ich, weiß Gott, nicht, Herr Rieſe, ſagte der Examinand beſcheidentlich, kann mich auch nicht entſinnen, wer's war; ich muß damals noch ganz klein geweſen ſein.

In der Geſchichte ſeid Ihr nicht ſonderlich beſchlagen; wollen was Anderes fragen, aus der Naturgeſchichte. Wo wachſen die meiſten Pflaumen? — Auf den Zwetſchgenbäumen. — Wie kann ein armer Schlucker in theuren· Zeiten ſatt werden? — Er muß eine Köchin zum Schatz haben, wie ich Jungfer Abendbrod. — Wenn Einer aber viel Geld hat, was ſoll der am beſten damit thun? — Was der Pfarrer Asmann that. — Nun, und was that Der? — Was ihm halt gefiel. — Nun ſagt noch zu guter Letzt: Was iſt die Liebe? — Da weiß ich Euch genau Beſcheid zu geben, antwortete Musje Morgenroth. Liebe iſt, wenn ich Jungfer Abendbrod auf den Mund küſſe und ſage: Behüt' dich Gott, du biſt und bleibſt mein herzallerliebſter Schatz!

Wie er das geſagt hatte, brummte der Rieſe wohlge=fällig und ſagte: Ich ſehe, Ihr habt eine hinlängliche wissenschaftliche Bildung; darum braucht Ihr nur Euer Jahr abzudienen. Aber wie heißt Ihr eigentlich und weß Standes seid Ihr? — Da nun Musje Morgenroth ihm das berichtet hatte, wollt' es der Riese erst gar nicht glauben, daß er Stiefelputzer sei; denn, sagt' er, ich hielt Euch zum wenigsten für einen Schriftsteller oder für einen Zahnarzt. Nachher aber meinte er: Es ist mir doch lieb; so werdet Ihr meine Siebenmeilenstiefel gehörig putzen; die haben die Anderen, wenn sie hier ihr Jahr abdienen mußten, nie so recht blank kriegen können. Außerdem muß jeden Morgen die Höhle ausgefegt und die Tröpfe da (so nannte er die Bildsäulen, welche die Höhle getropft hatte) sauber abgestäubt werden. Mittags macht Ihr Feuer unter dem Kessel, darin wird das Essen gekocht, jedes Mal ein ganzes Rind; das giebt kräftige Fleischbrüh, die Euch wohl munden wird, und einen Schlegel oder ein Rippenstück mögt Ihr auch erhalten. Zu Abend trink' ich Kamillenthee, weil hier in der Gegend kein anderer wächs't, und dann geh' ich zu Bette. Ihr müßt Euch aber schon bequemen, unter meiner hohlen Hand zu schlafen, denn sonst lauft Ihr mir einmal davon, und daraus wird nichts, bis das Jahr um ist.

Darauf setzte der Pikbube seinen neuen Diener wieder auf die Erde, stand auf und ging in die Höhle, wohin ihm Musje Morgenroth folgen mußte. Drinnen sah's kurios aus; überall standen große und kleine Tröpfe, zum Exempel die Jungfrau von Orleans und der große Kurfürst und Schiller und Goethe und viele Andre. Ganz hinten aber stand das Bett; das war so lang und breit, es hätte ein ganzes Regiment Dragoner sammt den Pferden drin Platz gehabt. Hinter der Bettstelle standen die Siebenmeilenstiefel. Der Tausend! sagte Musje

Morgenroth, das wird viel Wichse kosten! — Seid ohne Sorgen, erwiderte der Pikbube, Ihr sollt Wichse genug kriegen. — Nachdem sie nun Alles gemustert und der Riese dem Kleinen noch genau gesagt hatte, wie er's haben wollte, sah er nach einer alten Thurmuhr, die er in der Westentasche trug, und sagte: Ihr mögt nur gleich die Siebenmeilenstiefel vornehmen! — trug sie ihm selber hinaus ins Freie und sah ihm bei der Arbeit zu. Musje Morgenroth war nun wohl flink dabei; dennoch brauchte er ganzer fünf Minuten, um mit der Bürste von der Fußspitze bis zum Hacken zu fahren, und die Schäfte konnte er nicht anders erreichen, als mit einer Leiter. Doch war der Pikbube ausnehmend zufrieden; denn er macht's so blank, daß die Stiefel wie zwei Kanonenläufe in der Sonne funkelten.

Wie's nun gegen Mittag ging, holte der Riese ein Rind von seiner Heerde, die im Gebirg weidete, drückte ihm mit dem Finger den Schädel ein, zog die Haut ab und warf's in den Kessel. Das gab eine kräftige Suppe, so daß Musje Morgenroth des Rühmens kein Ende wußte. Auch das Rippenstück schmeckte ihm; er dachte; ob jetzt Jungfer Abendbrod am Hungertuch nagen muß? und wenn ich ihr doch was abgeben könnte! Und da überkam ihn das Heimweh, er nahm die Guitarre vor und klimperte ein Liedchen. Das gefiel dem Riesen, und er sang ihm zum Dank auch was vor und fragte ihn dann um sein Urtheil. Ihr habt eine schöne Höhe, sagte Musje Morgenroth, und singt mit viel Nachdruck. Aber das Piano will Euch nicht gelingen. — Es ist ein Erbfehler in unsrer Familie, sagte der Pikbube; wenn meine Mutter sang, die Pikdame, Gott habe sie selig, lief Alles davon; denn sie vermochten's nicht auszuhalten, so kräftig war's; und mein seliger Vater, der Pikkönig, konnte sie noch überschreien. — Danke schön, sagte Musje Morgenroth. Da wäre mir doch mein Trommelfell zu lieb gewesen.

Am Abend trank der Riese einen ganzen Kessel voll Kamillenthee; Musje Morgenroth aber hatte sich noch Fleischbrühe vom Mittag aufgehoben, daran hielt er sich. Hernach stieg der Pikbube ins Bett; sein Diener streckte sich neben ihn, und der Herr legte ganz sacht die hohle Hand über ihn; da war er warm und hatte doch Raum genug, sich nach Lust zu bewegen und herumzuwälzen, wie er immer im Schlafe that. So schlief er in Gottes Namen ein und ließ sich von seiner Herzallerliebsten was Angenehmes träumen.

## Sechstes Kapitel.

### Wie Musje Morgenroth das Wandern ankommt, ohne daß er Kehrt macht.

Eine ganze Zeitlang lebten sie also mitsammen, und Musje Morgenroth ward gar wohlbeleibt, denn die kräftige Fleischbrühe schlug ihm gut an, besonders weil er von der Fee her nicht an allzunahrhafte Kost gewöhnt war. Einen Tag um den andern mußt' er mit seinem Pfefferröhrchen die Kleider des Pikbuben ausklopfen, und das gab immer entsetzlich viel Staub. Es stand da ein großes Conterfei vom Pikbuben unter den andern Tröpfen, da hängte er den Rock und die Beinkleider des Originals daran, stieg mit der Leiter hinauf und klopfte dann was er nur konnte. Nebenan, d. h. wenn man auf der einen Seite übers Gebirge stieg,

war die große Wüste Sahara, und da zog der ganze Staub
hinüber. Die armen Kameele und Reisenden meinten dann,
es käme ein Wirbelwind, der den Sand aufwühle; es war
aber nur der Staub aus des Pikbuben Garderobe.

Manchmal kamen auch des Pikbuben Vettern über die
Berge. Der aber konnte sie nicht ausstehn, weil sie ihn den
schwarzen Peter schimpften, und jagte sie wieder fort; denn
er meinte, er wäre allein Trumpf, und der Coeurbube
und Carreaubube und Treff dürften sich nicht wichtig machen.
Ja er hatte so seine Schrullen, und dann war er sehr
schlimm und wüthig.

Eines schönen Morgens hatte er auch wieder getobt
und so viel Staub gemacht, daß der erschrockene Musje
Morgenroth sich sein Pfefferröhrchen an den Beinkleidern zu
Schanden klopfte. Da saß er nun und war gar bekümmert.
Ach, dachte er, wenn ich doch wär', wo der Pfeffer wächs't!
Und wie er so sann, kam ihn ein immer gewaltigeres Ver=
langen an, fortzulaufen, daß er den Finger an die Nase
legte und nachdachte, wie es wohl anzustellen wäre. Den
Dampfstuhl hatte der Pikbube gleich wieder geheizt und leer
weiterfliegen lassen. Gott weiß, wo der jetzt steckte! So bloß
Reißaus nehmen, ging nicht wohl an; denn der Riese hätte
mit den Siebenmeilenstiefeln den Flüchtling wohl eingeholt,
und wenn er auch den Vorsprung einer ganzen Nacht gehabt
hätte. Endlich fiel ihm eine List ein, um den Riesen auf
einen falschen Weg zu leiten; denn da konnt' er in alle
Ewigkeit laufen, ohne ihn einzuholen. Der Pikbube aber
war ziemlich einfältig, so wie man es bei gebildeten Leuten
oft findet, wenn sie vor lauter Weisheit nicht recht gescheidt
sind. Musje' Morgenroth also trat mit seinem ehrlichsten

Gesicht zu ihm und sagte: Ich habe darüber nachgedacht, Excellenz, wie wohl es mir hier geht, und bin so zu sagen ordentlich gerührt dadurch. Ich könnte mich sogar entschließen, auf ewige Zeiten hier mein Jahr abzudienen. — Da schmunzelte der Pikbube und sagte: Ihr seid auch ein besonders gebildeter Mann, liebster Musje Morgenroth. Wer sonst bei mir war, hat sich trotz der menschenfreundlichen Behandlung fortgesehnt; ja Einige haben sogar den Versuch der Flucht gemacht! — Excellenz scherzen! sagte Musje Morgenroth. — Nein, verlaßt Euch drauf, fuhr der Pikbube fort. Einer war schon weit in die schöne Gegend hineingelaufen; aber natürlich überholt' ich ihn mit den Siebenmeilenstiefeln. — Da that nun der kluge Knirps höchlich erstaunt, daß die Herrn Flüchtlinge nicht lieber durch die Wüste Sahara gelaufen wären. Es wäre doch so ein schöner gerader Weg, auch recht fest, absonderlich nach dem Regen, und auf der andern Seite, wo es in die schönen Thäler hinabginge, lägen die fatalen Berge dazwischen. — Aha, dachte der Riese, er hat doch schon einmal daran gedacht. Da müssen wir Acht geben, und wenn der Musje einmal vermißt wird, gleich durch die Wüste ihm nachtraben. — Und wie er das dachte, strich er sich den Bart und meinte wunder wie fein er sei, und daß Niemand ihn überlisten könnte.

Abends, als Beide zu Bett gingen, legte der Riese seine hohle Hand sorglicher als je über seinen Schlafkumpan und schlief dann ganz guter Dinge ein. Wie nun Musje Morgenroth ihn schnarchen hörte, zog er ein Federmesser heraus und stach ihm dreist damit in den kleinen Finger. Da wachte der Pikbube auf und fragte:

> Warum haft du mich gestochen?
> Morgen wird's an dir gerochen,
> Ich zerbläu' dir alle Knochen!

Musje Morgenroth aber antwortete:

> Es war ein Floh,
> Der stach Euch so.
> Ich armer Musje
> Um Gnade fleh'.

Ich will mir's überlegen! brummte der Riese und schlief wieder ein. Da stach ihm Musje Morgenroth zum zweiten Mal in den Finger. Der Pikbube war schon tief eingeschlafen; weil er's aber im Traum fühlte und dachte, es wäre wirklich ein Floh, hob er die Hand auf und legte sie unter seinen Kopf. Musje Morgenroth aber stand leise auf, schlug dem schnar= chenden Riesen ein Schnippchen und huschte aus der Höhle hinaus.

Draußen schien der Mond; die Tröpfe standen wie weiße Gespenster, unheimlich und spukhaft, und das Conterfei des Riesen schien dem Entwischten ein böses Gesicht zu schneiden. Der aber war bald übers Gebirg und wanderte lustig in die mondbämmerige Gegend hinaus. Er hätte gern ein Lied gesungen; aber er fürchtete, es könne ihn verrathen, und so fuhr er nur immer verstohlen über die Saiten der Guitarre, die er nicht dahinten gelassen hatte. Und so ging er, ohne auszuruhn, vorwärts bis zum lichten Morgen.

Wie der Riese am Morgen aufwachte und Musje Morgen= roth nicht fand, merkte er gleich Unrath, stand aber nicht zu haftig auf und fuhr gemächlich in seine Siebenmeilenstiefel. Dann nahm er den Weg zwischen die Beine und stapelte in die große Wüste hinein und immer weiter, bis er ans Meer kam, ohne einer lebendigen Seele zu begegnen. Da merkte er wohl, daß er betrogen war; und noch dazu war so viel Sand in seine Stiefel gekommen, daß er die Füße nicht mehr heben konnte; und so ist er im Sande elendiglich umgekommen, und man hat ihn erst tausend Jahre später wieder ausgegraben, als er schon ganz versteinert war.

Musje Morgenroth jedoch wanderte rüstig weiter, blieb an jedem Wegweiser stehn, ob da zu lesen stände, wo man nach dem Pfefferlande kommt, und fragte Jeden, der ihm begegnete; aber Keiner konnt's ihm sagen. Wie es nun gegen Mittag war, bekam er doch Lust nach der Fleischbrühe beim Riesen und seufzte: Ach, daß ich doch erst wäre, wo der Pfeffer wächs't! Denn wenn ich unterwegs verhungere, kann ich doch mein Glück nicht machen! — Er hatte aber keinen Heller Geld, überhaupt nichts, als was er auf dem Leibe trug; denn das Hemb, das ihm noch übrig gewesen, mußte er ganz zu Charpie verzupfen und dem Pikbuben in die Wunden legen, die ihm seine Vettern schlugen, und seine Guitarre wollt' er nicht versetzen. Da ging gerade ein Mann vorbei, der hatte gehört, was er seufzte, trat an ihn heran und sagte: Wo der Pfeffer wächs't? Dahin sollt Ihr bald kommen; habt nur die Güte mir zu folgen. — Musje Morgenroth ging auch richtig ohne sich zu besinnen mit, und der fremde Mann führte ihn in einen großen Garten hinter seinem Haus, stellte ihn an ein Beet, darauf nichts zu schauen war als schöne fette Erde, und sagte: Hier, theurer Frembling, wächs't der Pfeffer! — Aber ich sehe ja nichts, sagte Musje Morgenroth. — Die Saat ist erst seit einem Monat im Boden, erwiderte der Mann, aber sie keimt schon; und damit wühlte er wahrhaftig ein paar Pfefferkörner hervor, die von der Feuchtigkeit etwas schimmlig geworden waren; und wies sie dem Musje Morgenroth. Der begriff den Mann nicht, sagte aber: Das ist eine sehr hoffnungvolle Plantage, lieber Herr, und ein verdienstliches Werk, diesem Getreidebau Eingang zu verschaffen. — Das will ich meinen! sagte der Andre und strahlte vor Vergnügen. Ihr seid aber meiner Seel' der Erste, der ein Verständniß dafür zeigt; die dummen Menschen zucken die Achseln über meine Pflanzung, oder lachen mich gar aus. — Ei ei, sagte Musje Morgenroth, das ist ja recht unverständig, eine gute nützliche Unternehmung zu verspotten! — Er merkte nun wohl, daß es nicht recht richtig mit dem Manne war, ließ sich aber von ihm in sein Haus führen, wo sie aufs Beste aßen und tranken, und nach Tisch nahm der Wirth seinen Gast in eine Kammer, darin er sein Geld bewahrte, und gab ihm einen ganzen Beutel voll Dukaten zur Reisezehrung mit auf den Weg; denn, sagte er, Ihr seid ein gebildeter Mann, und wenn ich Pfefferernte halte, gebe ich ein großes Volksfest; zu dem seid aber nur Ihr geladen, und die Spötter müssen mit langen Nasen abziehen. — Da versprach ihm Musje Morgenroth, er werde ganz gewiß kommen zur Pfefferernte, bedankte sich höflichst und ging.

Er war schon wieder ein gut Stück weiter gewandert und sagte dabei immer vor sich hin: Ach, wenn ich doch wäre, wo der Pfeffer wächs't! Da gesellte sich ein Bursch zu ihm, sagte, er ginge desselben Weges, sie könnten selbander gehn. Der war aber seines Zeichens ein Spitzbube, und wie er nun den Beutel mit Gold sah, den Musje Morgenroth alle Augenblick zog, um einem Armen ein Almosen zu geben, dachte er: den Vogel willst du rupfen. Herr, fing er an, wenn Ihr gern wiſſen wollt, wo der Pfeffer wächſ't, dahin kann ich Euch weiſen; kommt nur mit! So ging er linksab einen wilden Waldſteg, und Musje Morgenroth hatte kein Arg, ſondern folgt' ihm auf der Ferſe. Sie waren eine Weile gegangen und kamen endlich zu einer wilden Schlucht; da ſaßen noch ſo ein zehn oder elf Burſche um ein Feuer, ſchmauchten ihr Pfeifchen und ſpielten Würfel. Hier bring' ich euch Einen, rief ihnen Musje Morgenroth's Begleiter zu, der will gern wiſſen, wo der Pfeffer wächſ't. Er hat einen geſpickten Beutel; das iſt wohl Schulgeld genug, um's ihn zu lehren. Fangen wir nur die Lection an! Damit warf er den armen Morgenroth nieder, riß ihm den Beutel weg, und nun fiel die ganze Bande über ihn her, ſchlug mit ſeinem eigenen Rohrſtöckchen auf ihn los und ſchrie dabei: Hier wächſ't der Pfeffer! Merkſt du, wie er beißt? Hier wächſ't der Pfeffer! Und ſo ſchlugen ſie den Aermſten, bis er ſtille war mit Schreien, und trugen ihn durch den dicken Wald wieder auf die Landſtraße, wo ſie ihn für todt liegen ließen.

———

## Siebentes Kapitel.

<div style="text-align:center">~~~~~</div>

### Ende gut, Alles gut.

Er war aber nicht todt, ſondern nachdem er ein paar Stunden nichts von ſich gewußt hatte, ſchlug er die Augen wieder auf, und war ihm kein Leids geſchehn, außer daß er über den ganzen Leib ein Brennen und Jucken ſpürte wie von Salz und Pfeffer. Er ſchleppte ſich mit Mühe ins nächſte Dorf, da gab ihm eine mitleidige Wirthin einen Krug Bier und ein Butterbrod um Gotteswillen, und Nachts bekam er eine weiche

Streu, darauf schlief er bis an den hellen Tag und war wieder frisch und gesund.

Geraume Zeit zog er nun herum und verdiente sein Brod mit Musiciren, forschte aber immer fleißig nach dem Lande, wo der Pfeffer wächs't. Da kam er eines Tags an eine große Mauer, in der war ein stattliches Thor, und über demselben stand mit goldenen Buchstaben: Durch mich kommt man in das Land, wo der Pfeffer wächs't. Man kann leicht denken, wie froh Musje Morgenroth war. Er mußte sich einmal recht auslassen, nahm also die Guitarre vor und sang und spielte, während er die tollsten Luftsprünge machte. Das Lied lautete also:

Lustig Blut und frische Lieder,
So geziemt's dem Wandersmann;
Berg hinauf und Thal hernieder
Ficht ihn sonst das Heimweh an.
Ging ich singend sonder Ruh
Manche Meil' in lauter Wonnen,
Süßer klarer Liebesbronnen,
Riesele, riesele immerzu!

Wenn der Wald thut kühlig rauschen
In der warmen Sommerluft,
Müssen Eich' und Linde lauschen
Auf den Klang aus meiner Brust.
Ob auch reißen Rock und Schuh,
Jauchze doch im Schein der Sonnen.
Süßer klarer Liebesbronnen,
Riesele, riesele immerzu!

Aber so die Winde streichen
Und regieren über Feld,
Sing' ich allestund ingleichen,

Bis die Trübe sich erhellt.
Denke dann: Du Wetter du,
Bist vor meinem Sang zerronnen!
Süßer klarer Liebesbronnen,
Riesele, riesele immerzu!

Da that sich in der Mauer ein Fensterchen auf und ein Kopf erschien mit gar brummiger Miene und einer großen schwarzen Nase. Guter Freund, sagte der Mann — der Kopf war nämlich des Zöllners Kopf — hier dürft Ihr nicht mit so viel Lärmen Einzug halten, wie Ihr's sonst mögt getrieben haben. Wir haben hier Landestrauer; alle Welt läuft mit schwarzer Nase herum und lamentirt und weint, denn dem König seine einzige Tochter ist schwer krank. — Was fehlt denn dem Fräulein Prinzeß? fragte Musje Morgenroth. — Ach, sagte der Zöllner, sie leidet am freiwilligen Hinken. Vor zwei Jahren ist ihr Einer begegnet, der war damit behaftet; und da sagte sie, sie wolle auch einmal ihren Willen haben und auch freiwillig hinken. Seitdem humpelt sie nun beständig, und kein Arzt weiß dem Ding abzuhelfen. Nun hat der König Dem, der sie heilen kann, drei Wünsche zu thun erlaubt; die wolle er ihm erfüllen, wenn er's vermöchte, und wär's sein halbes Königreich. Das Land wünscht sehnlichst, es möchte Einer kommen, der sich auf die Heilkunst verstände; denn so lange die Prinzeß krank ist, müssen wir Alle schwarze Nasen tragen. — Ei, erwiderte Musje Morgenroth, schließt hurtig das Thor auf! Ich will sie schon kuriren. — Der alte Zöllner sah ihn von oben bis unten an und schnitt ein ungläubiges Gesicht, öffnete ihm aber ungesäumt. Da trat nun Musje Morgenroth in das Land ein, wo der Pfeffer wächs't, und wunderte sich ausnehmend, denn er hatte sich's viel fabelhafter vorgeſtellt. Sagt einmal, frug er, wo wächſ't denn eigentlich der Pfeffer? Ich bin von Haus aus Stiefelputzer und möchte mir ſo im Vorbeigehn ein Rohr abſchneiden. — Ihr habt einen wunder= lichen Glauben, lieber Mann, erwiderte der alte Zöllner. Hier wächſt bei jedem Rohr der zugehörige Stiefelputzer mit. — Ach du mein Gott, rief Musje Morgenroth, da iſt ja nichts für unſereins zu holen! Nein, aber ſo eine närriſche Einrichtung! Das iſt einmal ein putziges Land! — Der Zöllner ſchien das im Stillen übelzunehmen, ſagte aber nichts. In= dem kam ein langer ſchwarzer Zug daher; vorne ging Einer mit ſchwarzer Naſe und einem Pfefferrohr; dann kam ein Leichenwagen, den zwei Pferde mit ſchwarzen Naſen zogen; auf dem Sarg lag wieder ein Pfefferrohr und eine große Schaar Leidtragender folgte, alle mit ſchwarzen Naſen und Pfefferröhren. Seht Ihr, Herr? ſagte der Zöllner, das iſt ein Stiefelputzerbegräbniß. Musje Morgenroth riß Mund und Augen auf; das war ihm doch nie im Traum eingefallen. Uebrigens, ſagt' er, ſcheint hier die edle Stiefelputzerkunſt fabrikmäßig betrieben zu werden, das iſt doch eine unreputirliche Manier. — Der Zöllner ſchoß ihm giftige Blicke zu, ſagte aber wieder nichts, denn er wollte ſich mit dem fremden Heilkünſtler und Wundermann nicht überwerfen, und wies Musje Morgenroth nach dem königlichen Schloſſe.

Wie er nun in den Palaſt kam, ließ er ſich beim König melden und trug ihm ſein Anerbieten vor: er wolle die Prin= zeſſin kuriren. Ach lieber Herr Fremdling! ſagte der König, es haben's ſchon ſo Viele verſucht und iſt doch nicht gelungen; ich fürchte, Ihr kommt auch vergebens. — Laßt mich nur machen, ſagte Musje Morgenroth; ich habe Praxis in ſolchen Dingen; nur muß ich Euch bitten, mir ein tüchtiges Pfeffer=

rohr zu verschaffen. — Der König sah ihn verwundert an und fragte: Ihr wollt der Prinzeß doch nicht weh thun? — Behüte! sagte Musje Morgenroth, ich schneide das Pfeffer= rohr klein, nehme Salz und Essig und Oel und mache ein Tränklein; davon muß sie einnehmen, alle Stunden einen Eßlöffel voll. Da war denn der König beruhigt, sandte nach dem Kirchhof und ließ das Pfefferrohr holen, das auf des Stiefelputzers Grab gepflanzt werden sollte. Es wurde auch nicht geweigert; denn die Pfefferaner waren gute Unterthanen, und der König konnte thun, was er wollte.

Musje Morgenroth aber ließ sich zur Prinzeß führen, nahm Salz und Essig und Oel mit und riegelte sorgfältig hinter sich ab. Was da innen geschehen ist, hat man niemals genau erfahren. Man hörte es nur im Zimmer klatschen, wie wenn ein Kleid ausgeklopft würde oder ein Kind die Ruthe bekäme, und klägliches Geschrei erscholl, und es war als ob sich Zwei im Zimmer herumjagten. Vielleicht machte die Zubereitung des Tränkleins so viel Lärm, vielleicht war es auch ein anderer Grund. Die Kur war aber schnell gethan; denn nach einer Viertel= stunde öffnete sich die Thür, die schöne Prinzeß kam, freilich ein bischen verweint, aber doch ohne zu humpeln heraus, fiel ihrem Vater um den Hals und sagte: Ich bin kurirt, Papa! — Der war nun sehr neugierig, wie es zugegangen sei. Der Trank war wohl eingerührt, aber es schien kaum ein Tröpfchen davon genossen zu sein. Die Prinzeß jedoch wollte nie sagen, was es mit der Kur auf sich gehabt habe, und Musje Morgenroth zeigte auch keine sonderliche Lust dazu. So= gar der Pfefferrohrstock war ganz geblieben; der Herr Doctor sagte, er habe ihn nicht gebraucht; das Salz und Essig und Oel seien schon allein kräftig genug gewesen. Weil man's nun nicht herausbringen konnte, dachte man nicht länger daran und war froh, daß die schöne Prinzeſſin wieder geſund war. Im ganzen Land ſang man Loblieder auf Musje Morgenroth, wuſch ſich die Naſe wieder weiß und aß Pfeffer= kuchen, was immer an hohen Feſttagen geſchah.

Musje Morgenroth aber ging zum König und ſagte: Nun hätte ich aber auch Luſt, meine drei Wünſche zu thun. — Wünſcht immer drauf los! ſagte der König; aber ich bitte Euch, nicht gar zu unverſchämt; ſonſt könntet Ihr mich zum Bettler machen. — Seid ohne Sorge, Majeſtät, erwiderte Morgenroth; ich bin ein gebildeter Mann. Als ſolcher aber bin ich arm und wünſche daher fürs erſte ſchrecklich viel Geld, damit ich mich in Ruheſtand ſetzen und Jungfer Abend= brod heirathen kann. — Schrecklich viel Geld ſollt Ihr haben, ſagte der König. — Zweitens, fuhr Musje Morgenroth fort, möcht' ich einen ſchönen goldenen Knopf auf mein Pfefferrohr. — Wenn's weiter nichts iſt! ſagte der König; aber nun nehmt Euch einmal zuſammen beim dritten Wunſch; denn ich möcht' Euch gern was recht Großes zu Gefallen thun. — So macht mich zum Geheimrath! platzte Musje Morgenroth verlegen heraus. — Ganz nach Eurem Begehren, verſetzte Se. Majeſtät; Ihr ſollt unverzüglich das Patent haben. Darauf rief er ſeinen Kanzler, der das Pergament dem Musje Morgenroth in einer goldnen Kapſel einhändigen mußte; und nun wurde auch der Hoffeckelmeiſter gerufen, der mußte ihm ſchrecklich viel Geld geben, und der Hofgoldſchmied machte ihm einen dicken Knopf von purem Golde auf ſein Pfefferrohr, daß Musje Morgenroth ſich gar nicht zu laſſen wußte vor Freude. Er begehrte aber ſehnlichſt zu ſeiner Jungfer Abendbrod zurück, da ließ der König Extra=

Post kommen, so gern er ihn auch behalten hätte. Wie er nun schon im Wagen saß und Abschied nahm, stieg der König noch zu guter Letzt auf den Wagentritt und steckte ihm den Orden pour le mérite an, und die Prinzessin gab ihm ein schwarzes Nähkästchen von Ebenholz mit silbernen Sternen und ein schwarzes Sammetkleid, ebenfalls silbernbesternt; das sollt' er seiner Frau Geheimräthin bringen. Da traten dem guten Musje die Thränen in die Augen; er rief: Schwager, fahr zu! und die Pferde liefen, was sie konnten, und der Schwager blies, und Musje Morgenroth hielt sein naßgeweintes Schnupftüchelchen zum Fenster hinaus und wedelte damit gerührt zum letzten Lebewohl.

Die Pferde liefen Tag und Nacht, und wie eine Woche um war, wachte Musje Morgenroth in der Frühe auf, rieb sich die Augen, und da hielt die Kutsche vor dem Gartenhäuschen der Fee Claribella. Jungfer Abendbrod aber, die eben im Garten war und die Spinnen und Käfer auf die Seite kehrte, trat ganz erstaunt vor die Thür. Als sie aber ihren Liebsten herausspringen sah, warf sie den Besen weit weg und flog ihm in die Arme, und da die Fee eine Viertelstunde später zum Fenster hinausschaute, lagen sie noch immer einander in den Armen und konnten's gar nicht glauben, daß sie einander wiederhatten.

Gleich am andern Tag ward nun Hochzeit gehalten, und da trug Jungfer Abendbrod das schwarze Sammetkleid mit den silbernen Sternen, und die hundert und ein Geheimrathsfräulein waren eingeladen und Fresco's und die Fee auch, und der Fritz, der dem Musje Morgenroth immer Anzüglichkeiten über sein Pfefferrohr gesagt hatte. Die Geheimrathssippschaft rümpfte freilich im Stillen die Nasen; aber

was wollten sie machen? Er war doch einmal Geheimrath
und hatte noch dazu einen Orden, und beim König vom
Pfefferland wären sie schön angekommen, wenn sie all das
nicht respektirt hätten. Geheimrath Morgenroth aber lebte
nun sehr vergnügt mit seiner Frau Geheimeräthin, schrieb
ein dickes Buch Reisebilder und bekam viele Kinder, die alle
Geheimräthe und Geheimräthinnen wurden.

# Veilchenprinz.

---

as Haus lag einsam und still, eine Stunde weit von
der Stadt entfernt und auch von der Landstraße
noch durch einen Vorgarten geschieden, den man
durch ein altes eisernes Gitter mit wunderlichen Schnörkeln
und Zacken betrat. Hier wurden von dem alten Gärtner schöne
Blumen in zierlichen Beeten gepflegt, und auf den reinlichen
Kieswegen wandelten oft geputzte Damen und Herren in weißen
Halsbinden, den Hut in der Hand, wenn große Gesellschaft
war; denn das Haus gehörte vornehmen und gastfreien Leuten,
die zwar selten in die Stadt kamen, aber ihre Freunde oft
zu sich hinausluden. Dann hörte man lachen und lustige
Reden durch die Büsche rauschen, und der Flügel, der im
Saal stand, erklang zu Tänzen und Liedern.

Desto stiller war es hinter dem Haus, in dem großen,
alten, verwilderten Garten, aus dem ein Pförtchen in das
freie Feld führte. Nicht, daß Niemand die kühlen Schatten=
wege unter den hohen Eichen und Rüstern betreten hätte.
Aber es war eigen: sobald von den Gästen ein Paar sich in
diese feierliche Wildniß verlor, wurden die Lachlustigsten
stille, und den Geschwätzigsten versagte das Wort, und sie
schlugen bald wieder den Rückweg ein zu den Blumen des

Vorgartens. Auch von den Bewohnern des Hauses selbst wurden diese stillen Wege nur selten besucht. Der Park sei so feucht und finster, es müsse einmal die Axt darin auf= räumen, hatte der Hausherr gesagt.

Und doch war eine schöne sonnige Stelle darin, so schön wie keine, die der alte Gärtner mit seinen Lieblingsblumen bepflanzte. Ein Springbrunnen zwischen Trauerweiden plät= scherte da in ein großes, rings mit Epheu übersponnenes Becken, das am Fuße eines kleinen Hügels lag. Jasmin und Syringen blühten den sanften Abhang hinauf, und oben stand ein Bänkchen aus Baumrinde, von dem sah man über die Trauerweiden und den klaren Wasserstrahl hinaus in das freie Feld, über die kleinen Hütten und alten Windmühlen, die hie und da zwischen den Birken und Kiefern standen, bis in der blauen Ferne Himmel und Erde in Eins ver= schwammen.

Hier, an dem Rande des Wasserbeckens, im Weiden= schatten verborgen, lag ein großes Veilchenbeet, von dem der alte Gärtner nichts wußte. Es bedurfte auch seiner Pflege nicht. Das zarte Laub ließ hinlänglich Wärme und Sonnen= licht hinein, und wenn der Wind vom Feld her wehte, trieb er den stäubenden Strahl der Fontäne gerade nach der Seite, wo die Veilchen standen, daß sie nicht über Durst zu klagen hatten. Und wenn die Menschen sie nicht aufsuchten, waren sie darum nicht einsam. Schmetterlinge und Bienen und alles kleine Geflügel, das im Frühling lebendig wird, kannten das Veilchenbeet wohl, und wenn die Sonne recht goldig schien, schwirrte und flirrte es über dem blauen Grunde so lustig wie nur je im Vorgarten, wenn große Gesellschaft war.

Nun ist es bekannt, daß jede dieser kleinen Blumen von einem zarten Elfen bewohnt wird, dessen Leben mit Blühen und Vergehen seiner duftigen Wohnung innig verknüpft ist. Von allen Blumenelfen sind diese die sanftesten und harmlosesten, und der kleine König, der sie regiert, hätte weder Mühe noch Sorge von seiner Würde, wenn die vielen Besucher nicht wären, die Schmetterlinge und goldenen Käfer, die Libellen und Honigbienen, die ab und zu flogen und dem jungen Volk allerlei bedenkliche Sachen vorschwatzten, den Jünglingen ihr stilles Leben und Blühen zu verleiden suchten und mit den Jungfrauen leichtsinnige Reden führten. Da hatte er genug zu thun den ganzen Tag, Zucht und Ordnung zu erhalten und sein Volk zu ermahnen, daß es der guten alten Sitte der Väter treu bleiben und nicht mit Gedanken und Wünschen hinausschweifen möchte nach versagten Herrlichkeiten. Im Verborgenen zu blühen, sei das Beste, und wer hätte es so gut wie sie, die nicht einmal von Menschenhand gepflückt, von keinem groben Fuß zertreten, von Sonne und Thau ohne Mühe genährt würden.

Diese Reden des guten Königs fanden auch ein williges Gehör, und wenn die fremden Leichtflügler kamen und den jungen Leuten ihre Weltweisheit zuraunen wollten, duckten die Fräuleins ihre Köpfchen tiefer zwischen die grünen Blätter, und die jungen Knaben thaten, wie wenn sie unter einander Wichtigeres zu verhandeln hätten. Nur an seinem eigenen Sohn erlebte der König allerlei Kummer. Er war der schönste und schlankste unter der ganzen Jugend und an seiner Erziehung war Nichts gespart worden. Auch hatte er weder ein böses Herz, noch einen trüben Verstand, und die Aeltesten im Reich sagten, wenn der alte König einmal das Zeitliche segne, würden sie an seinem Sohn und Erben einen nicht minder trefflichen Herrscher erhalten. Und doch konnte es Veilchenprinz seinem eignen Vater nicht recht machen. Er sei ein Träumer, schalt ihn der Alte; er habe die Gedanken beständig über die Grenzen seines Reiches hinausgerichtet und lasse über Tag, wenn die Andern vergnügt und zufrieden sich der Sonne freuten, den Kopf hängen wie ein schwer vom Schicksal Heimgesuchter, und nur des Nachts, wo Alle, die ein gutes Gewissen hätten, sich des Schlafes erfreuten, werde er munter, spähe in die mondbestrahlten Wege hinaus und den Hügel hinauf und recke den Hals so sehnsüchtig, als möchte er am liebsten sich von seiner Blume loslösen und mit den Nachtfaltern ihre unheimlichen Tänze abhalten.

Der Sohn erwiderte auf alle diese Vorwürfe nichts, sondern sah still in sich hinein. Um aber seine Schwermuth zu verscheuchen, wollten die Eltern ihn, so jung er noch war, vermählen, weil sie dachten, sein Herz sehne sich vielleicht nach einer Gefährtin. Nun war es von Alters her Gebrauch, daß die Veilchenprinzen in ihrer nächsten Familie ihre Bräute wählten, und so wurde dem einzigen Sohn des Königs eines seiner Mühmchen verlobt, das von sehr schöner Gestalt war, schneeweiß mit lichten Haaren, und im ganzen Reich für ein Wunder von Anmuth und zarter Bildung galt. Veilchenprinz aber wurde nach der Verlobung nur noch trübsinniger und schien zu seiner schönen Braut durchaus kein zärtliches Herz fassen zu können. Sie konnte freilich den ganzen Tag neben ihm stehn, ohne ein lustiges oder ernstes Wörtchen zu sagen, und wenn sie die blauen Augen zu ihm aufschlug, sah er nichts darin als ein leeres und kühles Herz, das an nichts Anderes dachte, als wie man ihr huldigen würde, wenn erst die Krone das kleine Haupt schmückte. Da seufzte Veilchenprinz und wandte seine Augen in die Ferne, als ob, was ihn glücklich machen könnte, aus weiter, unbekannter Gegend kommen müßte und vielleicht ewig auf sich warten lassen würde.

Eines Morgens aber in aller Frühe, als seine junge Braut noch schlief, er aber von seinen traurigen Gedanken schon längst geweckt worden war, fuhr er plötzlich zusammen, da er etwas erlebte, was ihm bisher noch nie begegnet war. Er hörte vom Hause her leichte Schritte durch den schattigen Park sich nähern, und auf einmal fing eine Stimme an zu singen, so hell und silbern, daß die allersüßesten Vogel= stimmen, die er je gehört, ihm nicht halb so wonnig ans Herz gegangen waren. Nun horchte er mit verhaltenem Athem, und wie der Gesang näher kam, konnte er deutlich die folgenden Worte verstehen:

Mühlen still die Flügel drehn,
Ueber die Stoppeln schleicht der Wind;
Arme Hütten im Grunde stehn,
Kleine Fenster, trüb und blind.

Sieh, da kommt ein Sonnenschein,
Stiehlt sich durchs Gewölk heran.
Mühlen, Feld und Fensterlein
Fangen flugs zu lachen an.

Liebes Herz, so bist du ganz,
Blöd und blind viel Tag und Nacht,
Bis ein leiser Liebesglanz
Dir die Welt zum Himmel macht.

Bei den letzten Worten des Liedes sah Veilchenprinz etwas Weißes durch die Zweige schimmern und gleich darauf eine schlanke junge Gestalt den Schattenweg daherkommen und auf den Springbrunnen zuschreiten. Es war ein Mädchen, das er noch nie gesehen, da er selbst erst in diesem Frühling die Augen aufgeschlagen hatte. Auch hatte er außer dem Gärtner und seinen Knechten noch kein Menschengesicht erblickt. Daher erschien ihm diese Gestalt wie ein Wesen von höherem Adel, und da er von Feeen und Engeln hatte erzählen hören, dachte er im ersten Schrecken, etwas Unirdisches nähere sich seinem stillen Reich. Das Mädchen aber, das nicht über sechzehn Jahr alt sein mochte, ging ohne Flügel auf leichten irdischen Füßen den kleinen Hügel hinan, setzte sich oben auf das Bänkchen, und, nachdem sie einen Blick ins Feld hinaus gethan, zog sie ein Büchlein hervor und fing an zu lesen. Bald aber schien sie es müde zu werden, ließ das Büchlein in den Schooß gleiten und zog nach einem scheuen Umblick, ob sie auch ganz allein sei, ein zusammengefaltetes Papier aus ihrem Busen, auf das sie mit eifriger Begier ihre glänzenden Augen heftete.

Schwarz waren diese Augen, wie auch die Wimpern und Brauen und das schöne, nachlässig aufgesteckte Haar des Mädchens. Und Veilchenprinz hatte bisher nur blaue Augen gekannt. Seine Eltern hatten keine andern, noch auch sein Mühmchen und sein ganzes Volk. War es nur das Fremde und Neue, was ihm das Herz so klopfen machte? Oder war etwas in diesen schwarzen Augen, was er sonst noch nirgend gesehen, nur in seinen sehnsüchtigen Träumen geahnt hatte?

Er verwandte keinen Blick von dem jungen Menschengesicht droben am Hügel. Was war es aber, das über diese reizenden Züge hinspielte wie das Aufleuchten von einem Flammenschein, der im Innern flackerte? Oder wie wenn am regnerischen Tag spielende Sonnenlichter durch die raschhingewehten Wolken flattern, daß nun Alles vergoldet, nun wieder grau und traurig ist? Aber je länger die schwarzen Augen auf das kleine Blatt sahen, je mehr schien die sonnige Helle zu siegen, und zuletzt öffneten sich die rothen Lippen, und ein voller Strahl lächelnden Glückes brach hervor, und die weißen Zähne blitzten, und in den schwarzen Augen schimmerte es feucht, wie nach einem überstandenen inneren Gewitter.

Dies Alles sah der kleine Elfe aus seinem verborgenen Spähewinkel, ohne zu wissen, was er sah. Aber er sagte sich, daß er nie in seinem jungen Leben etwas Schöneres gesehen hatte, und daß er unglücklich werden würde, wenn er es nie wieder sehen sollte.

Plötzlich rief eine Stimme vom Hause her einen Namen, den er nicht verstand, da fuhr die einsame Leserin oben auf dem Hügel in die Höhe, steckte rasch das Blättchen wieder in den Busen, nahm das Büchlein auf, das ihr vom Schooß geglitten war, und indem sie: Ich komme, ich komme! rief, ging sie, ohne sich sehr zu sputen, den Weg zurück, den sie gekommen war.

Da war Veilchenprinz zu Muth, als ob der Morgen, der so lustig in dem Busche funkelte, allen Glanz verloren hätte, und während seine Eltern aufwachten und seine verschlafene kleine Braut sich den Morgenthau aus den Augen rieb, stand er wie plötzlich des Augenlichts beraubt oder wie von tiefer Schlafsucht befallen, daß sein Herr Vater ernstlich böse wurde, weil er als Thronerbe ein so schlechtes Beispiel gab, seine Mutter die Königin aber sich im Stillen zu sorgen begann, ob ihrem Sohn auch nicht ein Wurm an der Wurzel nage oder eine Krankheit seine Blüte versehre. Er aber, nur besorgt, sein Geheimniß zu hüten, nahm sich zusammen und versicherte, ihm sei völlig wohl, ja es sei ihm nie wohler und seliger zu Muth gewesen, nur daß er Träume gehabt habe, die er auch am hellen Tag noch nicht vergessen könne.

Er hoffte nun sehnlich vom Morgen bis an den Abend, die schöne Erscheinung wiederzusehen. Aber der Mond ging auf, und nicht einmal den Schimmer ihres Kleides hatte er zwischen den Büschen auftauchen sehen. Endlich schlief er von allem Denken und Sinnen ein und war lange vor Thau und Tage wieder wach. Aber kein Liedchen erklang und keine Schritte kamen den Schattenweg daher. Er hörte wohl Stimmen im Garten vorbeiwehen, und einmal trug ihm der Wind vom Hause herüber Saitenklang zu und abgerissene Töne eines Gesanges, in denen er ihre Stimme wiederzuerkennen glaubte. Die schwarzen Augen aber, nach denen er so heftig verlangte, ließen sich nicht wieder blicken.

So ließ er traurig sein kleines Haupt hängen und wollte schon wieder Trost in seinen Träumen suchen; da hörte er ganz spät, als der Garten schon vom Mondbämmer verzaubert lag, einen Ton, der ihn mit einem süßen Schauer durchbrang: ihre Stimme und den raschen Schritt ihres leichten Fußes, und gleich darauf sah er sie selbst, diesmal in ein leichtes Mäntelchen gehüllt, durch die Schatten herankommen. Sie war aber nicht allein; sie hatte ihren Arm in den eines jungen Mannes gelegt, mit dem sie eifrig flüsterte. Eine wunderliche Traurigkeit beschlich den kleinen Prinzen, als er die Beiden so vertraut den Hügel hinaufsteigen und sich droben niedersetzen sah. Aber bald wich die eifersüchtige Beklemmung von ihm, denn sie saßen ganz still und ernst neben einander, ohne sich anzusehen, wie wenn Beide in die Ferne hinausdächten. Nun schwieg Alles rings umher, nur der Springbrunnen rieselte sacht in das Becken herab, so daß Veilchenprinz jedes Wort hören konnte, was droben gesprochen wurde.

Er hat es mir heute erst gesagt, er will morgen mit der Mutter sprechen, sagte der Jüngling. Ich wollte dir Nichts davon sagen, aber weil du so traurig warst und glaubtest, es fehle ihm der Muth. —

Nur weil er es zu ernstlich meint und denkt, er überlebe es nicht, wenn die Mutter Nein sagt. O Felix, — das Herz ist mir so schwer! —

Warum sollte sie Nein sagen? Ist er ihr nicht wie ein eigner Sohn, daß ich fast eifersüchtig werden könnte, wenn er mir nicht wie ein Bruder wäre? Du bist ein Kind, Anna, das sich vor Gespenstern fürchtet.

Sie ließ ihren Kopf an seine Schulter sinken, er sollte nicht sehen, daß ihr die Augen voll Thränen standen. Aber Veilchenprinz sah es wohl, denn ihr Gesicht war voll dem Monde zugekehrt, und nicht ein Zucken ihrer Wimpern oder der reizenden Lippen entging ihm.

Wie es hier duftet! fing der Bruder wieder an. Hier müssen Veilchen in der Nähe stehen. Soll ich dir welche pflücken?

Nein! bat sie. Es würde mich nicht freuen, eh ich wieder ein leichtes Herz habe. Morgen, wenn Alles gut steht, so wie du es glaubst, — dann will ich Blumen pflücken und

Kränze binden; oder auch nicht. Wozu brauch' ich dann noch Blumen? Mein ganzes Leben wird dann sein wie ein Blumenstrauß.

Du zitterst, sagte er. Komm hinein, die Nacht ist kühl, und du bist heiß vom Weinen. Den Kopf hoch, Schwester= herz! Du wirst sehen —

Er führte sie, den Arm um ihre Schulter gelegt, rasch den Hügel hinab und wieder dem Hause zu, und Stimmen und Gestalten verschwanden in der stummen dunklen Ferne.

---

Diese Nacht schloß Veilchenprinz kein Auge. Alles, was er gesehen und gehört hatte, ging beständig an ihm vorüber, und er sann und sann, was es wohl zu bedeuten habe. Aber mehr als alle Räthsel machten ihm die Thränen zu schaffen, die er in den schwarzen Augen gesehen. Er hatte nie zwei Augen überfließen sehen von Herzweh oder Bangig= keit; denn die Blumen sind kummerlose Wesen, und er allein hatte durch ein seltsames Geschick eine Seele empfangen, die Leid und Mitleid empfinden konnte. Das bedrückte ihn jetzt doppelt, da er Niemand hatte, dem er seinen Kummer klagen und den er um all das Räthselhafte befragen konnte, was die Beiden droben auf dem Hügel einander vertraut hatten.

Wie der Morgen kam, war er müde und matt zum Sterben. Kaum daß der Sprühstaub der Fontäne ihn wie= der soweit ermunterte, um vor seinen Eltern sein Geheimniß verbergen zu können. Er horchte beständig in den Garten hinaus, nach dem Hause zu, und jedes Rauschen von dort her machte sein kleines Herz erbeben. Aber die Stunden schlichen so hin, und Nichts kam, das ihn getröstet hätte, und endlich funkelten die ersten Sterne durch die Wipfel in das

Veilchenland herab, und kein Laut der geliebten Stimme ließ sich nah oder fern vernehmen.

Wie er so trostlos stand und sich vor der langen Nacht fürchtete, von der er keinen Schlaf hoffen konnte, merkte er es kaum, daß ein kleiner blauer Schmetterling sich mit schüchternem Fluge ihm näherte und auf einen Grashalm ihm gegenüber niederließ. Er kannte den luftigen Gesellen wohl, der oft gegen Abend, wenn er sich unbeachtet glaubte, seine Braut umflatterte und mehr als einmal von dem alten König hinweggescholten worden war, da die junge Veilchenprinzeß eitel genug war, seinen Schmeichelworten gern zu lauschen und ihm nicht zu wehren, wenn er sich dicht an ihre Wange schmiegte. Das wußte auch Veilchenprinz, aber es kränkte ihn wenig, weil er das Mühmchen nicht liebte. Wie er nun heute den leichtsinnigen Schwärmer so trübselig mit zusammengefaltetem Flügelpaar sich gegenüber sah, fragte er mitleidig, was er habe, das ihn so bekümmere.

Ach, Veilchenprinz, erwiderte der Falter, ich darf wohl die Flügel hängen lassen. Keiner von unserm Geschlecht lebt länger als sieben Tage, und mein siebenter ist bis auf eine einzige Stunde verstrichen. Da bin ich gekommen, um Abschied zu nehmen, vornehmlich von deinem Mühmchen, und weil ich nun doch bald sterben soll, darf ich es ja sagen, wie sehr ich sie geliebt habe.

Du Armer! sagte Veilchenprinz; es muß hart sein, die Sonne nicht mehr zu sehen und den Mond und das, was man liebt. Aber ist denn kein Mittel, dein Leben zu verlängern?

Ein einziges Mittel giebt es, aber das ist nicht zu erlangen: es müßte ein Blumenelf meine Flügel nehmen und

mir dagegen seinen Blumenkelch überlassen, dann würde ich fort=
blühen statt seiner, er aber lebte nur noch so lang, wie mir
selbst noch Frist gegeben war.

Und der Elf könnte die Flügel brauchen, wie du, und
sich hinschwingen, wohin er wollte?

Gewiß. Aber was reden wir von Dingen, die unmöglich
sind? Gute Nacht, Veilchenprinz; und wenn sie morgen auf=
wacht, grüße sie von mir und sag ihr —

Du magst es ihr selbst sagen, flüsterte der Elf; denn so
wahr mich das Leben an ihrer Seite nicht freut, so wahr
bin ich entschlossen, den Tausch zu machen, um deine Flügel
mein Leben zu geben. Still! Meine Eltern schlafen. Es muß
leise geschehn, daß Niemand uns stört.

Ein paar Augenblicke später schwang sich ein blauer
Falter von dem Veilchenbeet auf und erhob sich mit unsiche=
rem Flug über die Trauerweiden am Springbrunnen, flatterte
dann nach dem Hügel hinauf und ließ sich, von der unge=
wohnten Freiheit ermattet, auf dem Bänkchen nieder, das im
hellen Mondlicht erglänzte. Ihm war selig und schauerlich
zu Muth, wie er nun tiefer in den dunklen Garten hin=
einflog, dem Hause zu. So viel Neues sah er, Bäume und
Blumen, die er bisher nicht gekannt, Nachtvögel, die mit
schwerem Flügel an ihm vorbeistrichen, das ihm das Herz
klopfte. Er mußte aber, daß er eilen mußte, und wenn er
dachte, vielleicht sei Alles umsonst, die Stunde werde vergehen,
ohne daß er seine Sehnsucht gestillt, wollten ihn die Flügel
nicht weiter tragen.

Und dunkel war das Haus, nirgend Licht oder Leben.
Es zog ihn mit geheimer Gewalt nach der vorderen Seite,
wo der Blumengarten im klarsten Mondlicht blühte. Wie

dufteten die Hyazinthen! Wie seltsam blickten die Tulpen auf ihren langen Stengeln! Aber wenn auch die Rosen schon ge= blüht hätten, ihn hätte doch keines der Beete von seinem Ziele abgelockt, denn er sah an dem Gartensaal die Fenster erleuchtet und die Glasthür halb offen stehen, und drinnen auf einem Ruhebett lag das schöne Wesen, das es ihm angethan hatte. Die Lampe mit der Kugel aus Milchglas, die von der Decke des Saales herabhing, gab gerade so viel Licht, daß Veilchen= prinz, wie er auf dem Fenstersims mit ängstlich bebendem Flügel ruhte, deutlich das Gesicht des Mädchens sehen konnte, auf dem es von vielen frischen Thränen feucht schimmerte. Nun aber hatte sie die Augen zugedrückt, es war, als ob sie sich in Schlaf geweint hätte. Der Bruder saß am Klavier und schlug dann und wann einzelne Accorde an. Manchmal warf er einen traurigen Blick nach der Schwester. Dazwischen tickte eine alte Wanduhr, und eine Feldmaus war vom Garten hereingekommen und raschelte ängstlich längs den Wänden hin, da sie den Ausweg nicht wieder finden konnte.

Plötzlich schlug das Mädchen die Augen groß wieder auf und heftete sie auf den Bruder.

Glaubst du wirklich, Felix, daß es nur wegen seiner Jugend war, daß die Mutter nein gesagt hat?

Er schwieg noch eine Weile.

Gewiß, sagte er dann. Wenn man es recht bedenkt, seid ihr beide ja noch beinahe Kinder.

Ich will dir etwas vertrauen, fuhr sie fort. Ich ging Nachmittags an dem Saal vorbei, die Thür stand offen, da hörte ich die Mutter zum Vater sagen: „Wenn es noch ein Prinz wäre!“ — Siehst du, Felix, es ist nicht, weil er zu jung ist. Aber sie wollen mich nur einem Prinzen geben. Du wirst sehen, es endet nicht gut.

Er schlug einige raschere Accorde an.

Nimm es nicht so trostlos, sagte er. Wenn ihr noch zu jung seid, habt ihr ja auch noch lange Zeit zum Warten. Und am Ende ist er gar nicht so treu, wie du glaubst.

Sie schüttelte den Kopf.

Singe noch einmal das Lied, das er in dem Brief an dich eingelegt hat, da er der Mutter hat versprechen müssen, an mich nicht mehr zu schreiben. Bitte, singe es mir, Felix. So traurig es klingt, es ist doch besser als dein Trost.

Wenn du es durchaus willst! Aber das sind eben Verse; die muß man nicht wörtlich nehmen.

Dann sang er:

> Und gehst du über den Kirchhof,
> Da findst du ein frisches Grab,
> Da senkten sie mit Thränen
> Ein treues Herz hinab.
>
> Und fragst du, warum es geschieden,
> Kein Grabstein Antwort giebt,
> Nur leise flüstern die Lüftchen:
> Es hatte zu heiß geliebt!

Eine athemlose Stille ging durch den Saal, als die letzten Töne verklungen waren.

Erst nach einer Weile wagte der Bruder das Schweigen zu brechen:

Sieh den schönen blauen Schmetterling, der da hereingeflogen ist, wie er um dich herumflattert. Jetzt sitzt er auf beiner Stirn, jetzt an beinem Hals; sieh nur, wie zärtlich er thut.

Das Mädchen hatte sich aufgerichtet, ihre schlanken Finger drückten die Thränen aus den Augen, die während des Gesanges wieder hervorgebrochen waren.

Glückliche Geschöpfe! sagte sie. Was wissen sie von unsern Schmerzen! Das kleine Ding ist so vertraut, als ahnte es, wie sehr ich ihm sein bischen Glück und Freiheit gönne, gerade weil ich selbst daran so verarmt bin. Ich will es hineintragen zu meinen Blumen.

Sie wollte eben aufstehen, da taumelte der Falter zurück und fiel leblos ihr in den Schooß. Betroffen sah das Mädchen auf ihn hinab. Er ist so lange um das Licht herumgeflogen, bis er sich die Flügel verbrannt hat, scherzte der Bruder. Die Schwester aber trat ans Fenster, den kleinen Entseelten in der Hand, und sah sinnend in die Nacht hinaus. Ein kühler Hauch schauerte über die Hyazinthenbeete herein, die Uhr schlug Mitternacht. Das Mädchen aber sagte wie im Traume vor sich hin: Er hatte zu heiß geliebt.

# Das
# Märchen von Blindekuh.

Es war einmal ein kleiner königlicher Kuhjunge, der hieß John und trug Sonntag wie Alltag einen Mieths= zettel, nämlich den Hembenzipfel, der ihm hinten aus den Höschen heraushing. Darum nannten ihn die Kammer= jungfern und Lakayen nie anders, als den Kuhjohn mit dem Miethszettel; und das nahm er sich sehr zu Herzen, denn er konnt' es doch einmal nicht ändern. Da seine gute Mutter ans Sterben kam, hatte sie ihm eingeschärft, er solle bei Hofe nur immer brav Respekt haben; dann werde es ihm schon wohl= ergehen. Das ließ er sich gesagt sein und hatte erstaunlich viel Respekt, den ganzen Tag über bis spät in die Nacht, wo er sich auf dem Futterboden schlafen legte. Da ging's ihm denn auch wirklich recht wohl, für einen Kuhjungen zu= mal. Denn oben auf dem Boden hatte er ein Nest aufge= spürt an der Dachluke, darin logirte eine Spatzenfamilie, die bei ihm in Kost ging. Ei, dachte er, wenn er ihnen Brob= krümchen streute, so giebt's doch auch Leute, die vor mir Respekt haben! Außerdem hatte er gute Freundschaft ge= schlossen mit der alten Melkmarei, die ihm oft eine Brob= suppe kochte, denn das war eigentlich ihr Fach, und des Großmoguls Koch hätte es nicht besser verstanden. Nebenher aber war die Melkmarei eine richtige Hexe, und Jedermann wußte es, nur der kleine Kuhjohn nicht.

Der König nun, dem der Kuhstall gehörte, hieß Grobianus und hatte eine wunderschöne Tochter, die Naserümpfchen genannt wurde. Wenn der kleine Kuhjohn der Prinzessin ansichtig ward, hatte er noch zehnmal so viel Respekt, als sonst, und noch weit mehr, als vor ihrem Vater, weil der sich mit all seinen Leuten gar so gemein machte und ihm selbst einmal höchsteigenhändig einen Fußtritt gab. Dergleichen fiel Naserümpfchen nicht ein; sie zuckte nur immer die Achseln und sagte zu Allem, was ihr nicht recht war, auf Französisch: puh!

Eines Tages ging sie gerade beim Kuhstall vorbei und bekam Lust, die Nase hineinzustecken. Der kleine Kuhjohn machte eben dem lieben Rindvieh die Streu und war so geschäftig, daß ihm sein Miethszettelchen fleißig hin und her wackelte. Wie er die Prinzessin in der Stallthür stehen sah, zog er geschwind seine Kappe und präsentirte die Mistgabel nach Art der Soldaten. Darüber fing Naserümpfchen laut an zu lachen und sagte: Puh! Es ist doch entsetzlich muffig hier. Ach, und der kleine Kuhjohn mit dem Miethszettel ist ein rechter Mistfink! — Zufällig saß die Melkmarei auch im Stall und hörte das Alles. Es griff aber sehr an ihre Ehre; denn der Kleine war ja ihr Pathenkind, und für den Stall hatte sie mit zu sorgen. Da wurde sie so erbos't, daß sie einen ganzen Topf mit Brodsuppe der hochmüthigen Prinzeß über den Kopf goß und dabei folgenden Spruch sagte:

Panorama Diorama
Vaccacaeca Magnadama
Naserümpfchen, werde zu

Einer weißen Blindekuh!

Sollst so lang vierfüßig laufen,

Bis du einen ganzen Haufen

Von Kuhblumen aufgefressen

Und den Hochmuth hast vergessen.

Will sich dann ein Mensch mit Grämen

Dein Geschick zu Herzen nehmen,

Daß er den Verstand verliert,

Dann ist Blindekuh kurirt.

Hokuspokus, Naserümpfchen

Mit den weißen Kuhhaarstrümpfchen!

Panorama Diorama

Vaccacaeca Magnadama.

Sie war kaum damit fertig, da war auch die Verwandlung schon geschehen, und statt der schönen Prinzessin stand eine schneeweiße Blindekuh vor dem Stalle. Die Melkmarei ging hustend und scheltend ihrer Wege und warf kaum noch einen Blick auf das arme verwunschene Naserümpfchen. Aber der kleine Kuhjohn bekam einen so gewaltigen Schreck, daß ihm die Mistgabel aus der Hand fiel. Darauf überlegte er, ob es nicht gegen den Respekt wäre, wenn er zu der Prinzessin ginge und sich erkundigte, ob er ihr was helfen könne. Er that's endlich und sagte ehrerbietig: Königliche Hoheit, befehlt nur, was Ihr von mir wollt; ich bin Euer unterthäniger Diener. — Die arme Blindekuh konnte zuerst nichts weiter antworten, als Muh!! — und da erschrak der Kleine wieder, benn es klang ihm fast wie ihr gewöhnliches Puh! Dann aber faßte sich die Prinzessin ein wenig und sagte ganz verständlich: Ach, lieber Freund! so kann ich mich doch nirgend sehn lassen; sei also so gut und führe mich von hier weg, wohin es auch sei; denn ich fühle wohl, ich bin eine abscheuliche Kuh geworden, und blind wie ich bin, weiß ich allein nicht Weg und Steg. — Das rührte den Kleinen; er sagte, er werde gleich wieder da sein, und stieg rasch hinauf in den Futterboden, um ein wenig Heu zu holen und es um ihre Hörner zu wickeln, damit sie nicht so drückten. Wie er bei seiner Spatzenfamilie vorbeiging, riefen die kleinen Vögel:

> Bitte bitt',
> Nimm uns mit,
> Liebster Kuhjohn!
> Verdienst dir Gotteslohn.

Da nahm er das ganze Nest mit und befestigte es im Heu zwischen den Hörnern der Blindekuh. Es ist zwar eigentlich gegen den Respekt, dacht' er, aber sie sieht's ja nicht. Darauf holte er noch eine lange Schnur, bat die Prinzessin, das eine Ende in den Mund zu nehmen, und so führte er sie von dannen, die Landstraße entlang, die durch den dicken finsteren Wald läuft.

Nun ging die Blindekuh gesenkten Hauptes fürbaß, denn sie war sehr betrübt. Der kleine Kuhjohn schritt ganz verlegen nebenher und wußte sich nicht recht zu benehmen. Es ist doch eigentlich gegen den Respekt, sagte er sich, daß ich die Prinzeß so an der Nase herumführe. — Aber es half einmal nichts. Wenn die Fliegen und Bremsen kamen und die Blindekuh stechen wollten, hätte er sie gern mit seinem Schnupftuch weggejagt. Das ging aber nicht an; einmal besaß er keins, und dann hätte er ja dabei die Prinzessin treffen können. Es war nur ein Glück, daß er seine Spatzen bei sich hatte, denen rief er leise:

> Fangt, liebe Spatzen,
> Die Gnitzen und Gnatzen,
> Die Fliegen und Mücken
> Von Prinzeß Naserümpfchens Rücken!

Da waren die Vögel flink hinterher und schnappten das Geziefer alles weg. Dabei schaute der kleine Kuhjohn beständig um sich, ob er keine Kuhblumen entdecken könne. Leider waren sie in dem Jahr gerade schlecht gerathen und fanden sich nur einzeln am Wege. Nun durfte der Kleine aber die Leine nicht loslassen, an welcher er die Prinzessin führte, rief also wieder den Vögeln:

> Liebe Spatzen, pflückt geschwind
> Gelbe Blumen, so viel da sind,
> Bringt sie her mit Stengel und Stümpfchen
> Für Prinzessin Naserümpfchen.

Da flogen die Spatzen eifrig nach den Blumen, bissen sie ganz unten ab mit ihren scharfen Schnäbeln und brachten sie ihrem Herrn. Der sagte ganz leise Brrrr! und fragte dann die Prinzessin, ob sie die Kuhblumen wohl aus seiner Hand essen wolle; einen Teller habe er leider nicht, aber er habe sich heute früh erst die Hände gewaschen und sie seien noch ganz sauber. Die Blindekuh erwiderte: Danke schön, und mach nur keine Umstände! Darauf fraß sie die Blumen betrübt in sich hinein und ging weiter, und das wiederholte sich, so oft die Vögel einige zusammengeholt hatten. Ach, dachte der Kuhjohn, zu einem Haufen ist es noch lange zu wenig! Und wie soll ich's nun gar anfangen, mein bischen Verstand zu verlieren? O die böse Melkmarei! Ich hätt' ihr etwas so Tückisches nimmer zugetraut. — In solchen Gedanken machte er die Reise niedergeschlagen weiter, und sein Miethszettel wedelte wehmüthig hinterdrein.

Der König Grobianus aber, wie er merkte, daß seine Tochter verschwunden war, gerieth in einen kirschbraunen Zorn und ließ sogleich nachforschen, wie es wohl zugegangen sein könne. Da fand sich denn, daß der kleine Kuhjohn auch vermißt wurde, und der König kam auf den Verdacht, der Kleine habe die Prinzessin entführt, worüber er sehr grob wurde. Er schickte sogleich eine Menge Soldaten nach allen Richtungen aus, um die Entflohenen zu suchen, und ließ von allen Thürmen Sturm läuten, damit die bösen Zungen in der Stadt ihr eignes Wort nicht hören könnten. Die Soldaten fanden aber auch nichts; denn als der eine Trupp richtig den Weg entlang kam, den die Blindekuh mit ihrem Gefolge eingeschlagen hatte, hörte die Prinzeß schon von ferne das Pferdegetrappel und flüsterte ihrem Führer ängstlich zu: Ach, das sind meines Vaters Reiter, die er uns nachgeschickt hat. Versteck mich irgendwo! — Der Kuhjohn aber war nicht dumm; er rief den Vögeln und sagte:

Der Prinzessin zu Gefallen
Nehmet Sand in Schnabel und Krallen,
Streut ihn in der Reiter Augen,
Daß sie nicht zum Spähen taugen;
Aber, Spätzlein, macht geschwind,
Eh ein böser Blick uns find't!

Nun hätte man die Vögel sehen sollen, wie geschickt sie den Reitern Sand in die Augen streuten, daß die ganz betroffen umkehrten und meldeten, sie hätten sich die Augen zu Schanden gesehen und doch nichts gefunden. Da wurde der König noch böser und ließ einen langen Steckbrief in die

Zeitung ſetzen, in welchem dem ehrlichen Finder, der die Prinzeſſin und einen gewiſſen Kuhjohn mit dem Miethszettel wiederbrächte, die Prinzeſſin und das halbe Königreich ver= ſprochen wurde. Die Melkmarei aber, die bei dieſer Nachricht ſchadenfroh gelacht hatte und mehr zu wiſſen ſchien, als ſie bekennen wollte, ließ der König, da ſie ohnehin für eine Hexe galt, auf offnem Markte verbrennen. Da ward es denn auch klar, daß ſie wirklich eine Hexe war. Denn als die Lohe hoch aufſchlug, hörte man inmitten der Flammen eine heiſere Stimme ſingen:

Grobianus Rex
Hat Macht ſo viel,
Iſt doch ein Spiel
Grieſegrauer Hex!

Sein Töchterlein,
Vom Zauber gebannt,
Muß Blindekuh ſein
Im fernen Land.

Weh, Windchen, weh!
Dann geht's in die Höh.
Herr König, ade!
Siehſt ſie nimmermeh!

Und da flog eine ſchwarze Rabe in die Höhe, krächzte oben noch dreimal, daß es wie ein Hohnlachen klang, und flog davon, nachdem ſie zuvor auf des Königs Krone etwas hatte fallen laſſen, wovon das blanke Gold eben ſo blind ward, wie in uralter Zeit des alten Tobias Augen.

Der kleine Johu mit der Blindekuh war indeſſen immer weiter gegangen und fing allmählich an, ſich nach den Brod= ſuppen der Melkmarei zu ſehnen. Obenein ſah er es auch den

Spatzen an, daß sie Hunger; hatten denn es war gerade
die Stunde, wo sie sonst zu Nacht aßen, da sie bei ihm in
Kost gingen auf dem Futterboden. Nun schaute er ringsum,
ob er keine Beeren erblicken könnte; aber es wuchs gar nichts
Eßbares in dem bösen Hungerwalde. Wie er den weißen
Mond hinten durch die Bäume gucken sah, glaubte er erst,
es wär' ein großer Käse, der sich irgendwie auf die Wipfel
verirrt hätte. Gar bald aber sah er seinen Irrthum ein,
und da wußte er nichts besseres anzufangen zum Magentrost,
als daß er sich wenigstens einen Ohrenschmaus verschaffte
und ein altes Lied sang:

Wo soll ich hin mich wenden,
Ich armes Brüderlein!
Ich trag' mein Herz in Händen,
Schwer wie ein Mühlenstein.

Ich wanderte wohl gerne
Ins weite Land hinaus,
Nun in der weiten Ferne,
Wie sehn' ich mich nach Haus!

Das Hündlein an der Schwellen
Das bellt mich feindlich an.
Noch lauter thut mir bellen
Mein Mäglein dann und wann.

Gebraten und Gesotten,
In jeder Schenk' ein Bier
Und hoch zu Rosse trotten —
Solch Wandern lob' ich mir!

Da geschah es recht zum Glück, daß die schwarze Rabe,
die Melkmarei, über den Wald geflogen kam und hörte,

was ihr Pathenkind sang. Sie hatte noch kein Rabenherz,
und da sie eine Jägerhütte wußte, nicht weit von der Land=
straße ab, flog sie geschwind dorthin und stahl Käse und
Brod durchs offne Fenster dem Jäger vor dem Munde weg,
um es dem kleinen Kuhjohn zu bringen. Sie ließ es aber
gerade in das Nest zwischen den Hörnern der Blindekuh
fallen, daß die Prinzessin erschrocken fragte: Lieber kleiner
Kuhjohn, wer warf mich da? — Der Kleine war noch mehr
erschrocken, denn er dachte, es wäre doch ganz gegen den
Respekt, wenn so das erste beste Stück Käse und Brod der
Prinzessin auf den Kopf fiele; sagte also ziemlich kleinlaut:
Es muß der Wind gewesen sein, der die Tannenzapfen
herunterwirft. — Dann rief er leise den Vögeln und gab
ihnen von dem Brode, und den Rest sammt dem Käse aß
er allein. Und wie er den Mund mit dem Aermel geputzt
hatte, sagte er: Gesegnete Mahlzeit! und war guter Dinge.

Mittlerweile wurde es stockfinster, denn der Mond war
noch nicht hoch herauf. Die Prinzessin sah zwar die Finsterniß
nicht, weil sie blind war, aber sie fühlte es an ihrer Müdig=
keit, daß nachtschlafende Zeit sein müsse, und der Kuhjohn
merkte ihr's wohl an. Zufällig kamen sie an eine Stelle,
wo ein seltsames Moos wuchs. Der Jäger nämlich hatte
sich vor Zeiten dort seinen großen Bart abrasirt, und der
hatte in dem fetten schwarzen Boden Wurzel geschlagen und
mächtig gewuchert, daß man so weich drauf lag, wie auf
dem weichsten Moosteppich. Da hielt der kleine Kuhjohn
still und fragte die Blindekuh, ob sie hier übernachten
wollten. — Ach ja, erwiderte das verwunschene Naserümpf=
chen. Es ist nur fatal, daß ich mit meinen vier neuen
Beinen noch so unbeholfen bin und mich nicht niederlegen

kann; am Ende weiß ich mir morgen nicht wieder aufzuhelfen. Ach Gott, wenn ich nur erlöst wäre! — Der kleine John wurde durch ihre Worte immer trauriger, nahm ihr sanft die Leine aus dem Maul, und so schlief sie stante pede die ganze Nacht, und die Spatzen schlüpften in das Nest zwischen ihren Hörnern und schliefen bald so fest wie oben in ihrer Dachstube.

Der Kuhjohn hätte sich gar zu gern auf das weiche Haarmoos gestreckt; aber das gab doch der Respekt nicht zu, daß er lag, während die Prinzessin stand. Er kauerte sich also nur mit untergeschlagenen Beinen neben sie und faltete die Hände, so daß es fast so aussah, als ob er sie anbetete. Aber weil er so viel Sorgen hatte ihretwegen, auch nicht gerade bequem saß, kam er zu keinem rechten Schlaf und wachte alle Augenblick auf. Nun wurde es aber nach und nach hell am Himmel; denn es war großer Ball und Illumination, Mariä Lichtmeß zu Ehren. Weil aber das Gewimmel von Sternen gar zu groß war, verlor hie und da ein junger unerfahrener Sternjüngling das Gleichgewicht und fiel dann radschlagend auf die Erde herunter ins Gras. Das wußte der kleine Kuhjohn nicht, sondern sah mit seinen verschlafenen Augen nur das gelbe Flimmern durch das Grün, und weil er in Gedanken immer bei der Prinzessin war und ihrer Erlösung, meinte er, es seien lauter Kuhblumen, und machte sich halb im Traum auf, sie zu pflücken. Dazu kam noch, daß die Irrwische jedesmal, wenn ein Stern gefallen war, herbeihüpften, um wo möglich etwas Neues zu erfahren aus dem himmlischen Reich. Aber die Sterne fielen immer so hart auf den Kopf, daß ihr Lebensflämmchen erlosch, und da konnten sie nicht mehr viel sagen, als höchstens eine gute

Nacht. Da wurde der kleine Kuhjohn immer von neuem betrogen; denn es flimmerte wohl überall gelb und goldig, aber sobald er nahe kam, erlosch der Schein, daß er sich ganz erhitzte und doch nichts haschte. Und so lief er weit weit weg, immer den Kuhblumen nach, bis er tobmüde und erschöpft ins Gras sank und einschlief.

Als nun die Sonne am andern Morgen aufging, wunderte sie sich nicht wenig, den kleinen Kuhjohn in der Waldwildniß zu sehn und die Blindekuh fernab am Wege auf dem Bartmoos. Der Kleine aber, wie er die Augen aufthat und noch halb verschlafen fragte, wie Prinzeß Naserümpfchen geruht habe, erschrak sehr und wurde im Gesicht so kreideweiß wie sein Miethszettel. Er lief die Kreuz und Quer zwischen dem hohen Farnkraut herum und rief nach der Prinzessin; aber da bekam er keine Antwort, kein Muh! und kein Puh! Nun malte er sich's immer gefährlicher aus, wie es doch gegen den Respekt wäre, die blinde Prinzessin so im Stich zu lassen, und wie übel es ihr nun ergehen könnte; das machte ihm das Herz fast zerspringen. Die alte Rabe kam geflogen und brachte ihm einen Topf mit Brodsuppe, den sie irgendwo gestohlen hatte. Sie setzte ihn geschickt, ohne etwas zu verschütten, auf einen Baumstumpf ihrem Pathenkind dicht vor die Nase; aber der Kuhjohn dankte ihr nicht einmal. Brodsuppe hin, Brodsuppe her! sagte er. Sie hat's eingebrockt, und ich muß es ausessen. Ach, die arme Prinzessin! Ach mein schöner Respekt! Wo ist der hin? Könnt' ich nur wenigstens den Verstand verlieren! — Damit warf er sich, so lang er war, in heller Verzweiflung in das Farnkraut und weinte sich fast die Augen aus, sprang dann aber plötzlich wieder auf und wehklagte hin und her durch die Waldeinsamkeit, bis es zuletzt dahin kam, daß er wirklich den Verstand verlor. Da lag nun der schöne Kuhjungenverstand zwischen dem Farnkraut, und die Käfer liefen, als ob's gar nichts wäre, darüber hin und krabbelten an ihm herum mit ihren dünnen Beinchen. Der frühere Besitzer aber ging weiter, hörte mit einmal auf zu weinen und sagte: Gott sei Dank! Ich glaube, ich habe wirklich mein bischen Verstand verloren, und nun wird noch Alles gut. — Es war zwar nicht viel, was er von Verstand bei sich führte; aber zuweilen war's ihm doch unbequem gewesen, und nun sang und sprang er, als wäre ihm ein Stein vom Herzen gefallen! Die Melkmarei aber, die alte Rabe, hatte sich die Stelle wohl gemerkt, wo der Verstand lag, flog nun hinter ihm her, und steckte ihm heim=lich, so daß er's nicht merken konnte, den Miethszettel hinten in die Höschen. Sie hatte ihre guten Gründe dabei, wie sie überhaupt Alles, was sie bisher gethan, ihrem Pathenkind zum Besten gethan hatte. Der Kleine aber ging immerzu, pflückte Kuhblumen ab, wo er welche sah, und sagte im Stillen: Es muß da hinten bei meinem Miethszettel etwas nicht richtig sein, denn ich fühle nichts mehr baumeln; am Ende hat mein Verstand darin gesessen und ist mit verloren gegangen. Weiter forschte er aber nicht, weil er eben keinen Verstand mehr hatte.

Er sang auch unterwegs allerlei Lieder, die einen guten Klang hatten, und es war doch nicht viel Verstand darin. Unter anderm:

> Die Berge sind spitz
> Und die Berge sind kalt.
> Mein Schatz steigt zu Berge
> Und ich in den Wald.

Da tröpfelt das Laub
Von Regen und Thau.
Ob die Augen da tröpfeln,
Wer sieht es genau?

* * *

In meines Vaters Garten
Da stehn zwei Blümelein,
Das eine das trägt Muskaten,
Das andre braun Nägelein.

Muskaten die sind süße,
Braun Nägelein riechen gar wohl,
Die will ich mei'm Schätzchen verehren,
Daß es dran riechen soll.

* * *

Am Wildbach die Weiden
Die schwanken Tag und Nacht.
Die Liebe von uns Beiden
Hat Gott so fest gemacht.

Am Wildbach die Weiden
Die haben nicht Wort und Ton.
Wenn sich vier Augen besprechen,
So wissen zwei Herzen davon.

Und dergleichen mehr und dachte sich nichts dabei, eben so
wenig beim Kuhblumenpflücken; aber die alte Melkmarei
hatte ihren Spaß daran.

Darüber hätt' ich aber fast zu erzählen vergessen, wie
es der Blindekuh ging. Das arme Thier wachte in grauer
Frühe auf, denn es war ja nicht gewohnt, stehend zu schlafen.
Wie es nun so mit dem Kopf ruckte, blieben die Spatzen

auch nicht lange still in den Federn, reckten sich erst ein wenig und huschten dann hinaus. Oh weh! da war von ihrem Herrn nichts zu sehen; nur die Leine, an welcher er die Prinzessin geführt hatte, lag auf dem Moose. Frau! sagte der Spatzenvater zu seiner Ehehälfte, was thun wir nun? — Hole die Leine, erwiderte die Spätzin, und bitte die Blindekuh, sie wieder ins Maul zu nehmen; und dann wollen wir weiter bis in das nächste Dorf zu dem Bauer, dessen Hausspätzin ich war, bevor du mich heirathetest. Und unsere Jungen, Gelbschnabel und Grünschnabel, können ihr zum Frühstück Kuhblumen pflücken, während ich die Gnitzen und Gnatzen wegfange. — Das hatte aber die Blindekuh gehört und fragte ängstlich: Lieber Kuhjohn, wo bist du? und wann geht's weiter? Es hungert mich auch ein wenig. — Darauf flog der alte Spatz dicht an ihr Ohr und sagte ihr Alles, wie seine Frau es gerathen hatte. Naserümpfchen wurde sehr betrübt. Weil's aber doch nicht anders ging, nahm sie die Leine gutwillig wieder zwischen ihre blanken Zähne, und nun flatterte der Spatz bedächtig voran, dicht über dem Boden, da es der Blindekuh sonst zu schnell gewesen wäre, und seine Familie sorgte für das Uebrige. Es war aber keine leichte Sache; denn immer wenn die Blindekuh eine gelbe Blume kaute, fiel ihr die Leine aus dem Munde, und dann wurde es dem Spatzen schwerer, sie wieder hineinzustecken, als es dem kleinen Kuhjohn geworden war. Dabei seufzte die Prinzessin oft, und es klang jedesmal Muh! worüber die Vögel erschraken. Das einzige Gute war, daß sie Zeit genug hatte, bescheidener zu werden, und ordentliche Sehnsucht nach dem guten Kuhjohn bekam, den sie früher immer nur ausgelacht hatte.

Wie sie nun so die Landstraße hinabzogen nach dem Dörfchen zu, kam ihnen eine Schaar von Schulkindern entgegen, die hinter die Schule gegangen waren, um sich im Walde lustig zu machen. Als sie die Blindekuh kommen sahen und die Vögel um sie herum, fingen sie laut an zu lachen und thaten so ausgelassen, daß die Vögel scheu wurden und sich zwitschernd in das Nest zwischen den Hörnern verkrochen. Da stand die arme Prinzessin still und fragte: Was ist denn das? Laßt ihr mich denn alle im Stich? Die Schulkinder aber umringten sie und riefen durch einander: Hört doch einmal, die Blindekuh kann reden! Einer von ihnen, der Älteste und übermüthigste, gab ihr geschwind die Leine wieder ins Maul, führte sie eine Strecke vorwärts und sagte: Blindekuh, ich führe dich. — Wohin denn? fragte die Prinzessin ganz verblüfft. — In den Kuhstall! war die Antwort. — Was soll ich da? — Milch essen! — Ach Gott, ich habe ja keinen Löffel. — Dann such dir einen! rief der böse Bube lachend und ließ die Leine fahren. Nun tappte die Blindekuh ängstlich im Kreise herum; aber die Schulkinder wichen ihr neckend und spottend aus, und da sie nicht wußte, wohin sie ging, lief sie gerade auf die Bäume zu und hätte sich gewiß den Kopf wund gestoßen. Da trat noch zur rechten Zeit der kleine Kuhjohn aus dem Walde heraus, eine Menge Kuhblumen unter dem Arm, und wie er so plötzlich Naserümpfchen vor sich sah, freute er sich wie ein König, obgleich er seinen Verstand zwischen dem Farnkraut gelassen hatte. Er ging geschwind zu ihr heran, streichelte sie und gab ihr seine Blumen zu fressen. Wie sie aber die letzte verschluckt hatte, da war es gerade der Haufen, von dem die Melkmarei in dem Zauberspruch geredet hatte, und sie stand als die wunderschöne Prinzessin da, die sie vorher gewesen war. Nur hatte sie einen wunderlichen Kopfputz von Heu, und das Nest lag oben auf. Da flogen die Spatzen lustig herunter und ihrem Herrn auf die Schultern und konnten sich gar nicht lassen vor Freude. Der aber ging muthig auf Naserümpfchen zu und umarmte und küßte sie ganz zutraulich. Denn sein Respekt, der in dem Miethszettel saß, war mit in die Höschen gestopft worden und darin elendiglich erstickt.

Man begreift, was für alberne Gesichter die Schulkinder bei alle dem machten; aber die Prinzessin schenkte ihnen ihr Schnupftuch, damit sie sich die Lippen wischen und reinen Mund halten sollten, was sie auch versprachen. Dann spazierte sie mit dem Kuhjohn nach der Stadt zurück, und was sie sich alles gesagt haben, mag der Himmel wissen. Ich weiß nur von einem Liede, das die Prinzessin sang, und der Kuhjohn brummte die zweite Stimme. Das hieß so:

> Es pirscht ein Jäger durch den Hain,
> Schießt allem Wild ins Herz hinein,
> Freikugeln hat er geladen;
> Die fehlen nicht und knallen nicht,
> Thun allerort viel Schaden.
>
> Du sprödes Reh, es hilft dir nicht,
> Gehst du abseit im Walde dicht,
> Bist dennoch schlecht geborgen.
> Des Jägers Meute find't dich doch;
> Das sind die bösen Sorgen.
>
> Die Sorgen bös, die Sorgen lind,
> Die Wunden weh und lieblich sind,
> Und wer es nie empfunden,
> Der weiß auch nicht, wie süß es thut,
> An lieber Brust gesunden.

Das sangen sie, und Jedes dachte sich sein Theil dabei und
die Spatzen auch. Wie sie aber in die Stadt kamen. zum
König Grobianus, war der hocherfreut, seine Tochter wieder
zu haben, und wollte nur geschwind wissen, wer der fremde
Herr sei; denn er erkannte ihn nicht, weil ihm der Mieths=
zettel fehlte. Da erzählte der Kuhjohn die ganze Begebenheit
und wer er wäre; aber er fand nirgends Glauben, und die
Bücherwürmer und Rathschläger wurden befragt. Die ersteren
ließen sich's sehr wurmen, und die Rathschläger schlugen so
eifrig Rath, daß sie die hellen Tropfen schwitzten, erkannten
aber einstimmig, der Kuhjohn wär's einmal nicht; erstens
fehle der Miethszettel, und dann sei vom Kuhjungenverstand
keine Spur bei ihm zu finden. Ja, das sei kein Wunder,
bemerkte der Kuhjohn; er habe ihn unterwegs im Farnkraut
verloren. Da ließ der König wieder einen Steckbrief in die
Zeitung setzen: wo sich ein herrenloser Kuhjungenverstand, so
und so angethan, blicken lasse, der auf den Namen Kuhjohn
höre, solle männiglich auf ihn fahnden und ihn dem Bräutigam
von Prinzeß Naserümpfchen gegen eine angemessene Belohnung
wieder ausliefern. Die Hochzeit aber wurde gleich gehalten,
und Grobianus war die Höflichkeit selbst, zog auch mit Blei=
stift einen Strich mitten durch sein Reich und schenkte die
eine Hälfte seinem Eidam. Weil aber Naserümpfchen das
Spatzennest noch immer auf dem Haupt behielt, machten's
ihr bei der Hochzeit alle Hofdamen nach und zwar von ihren
eignen Haaren, so daß es seitdem vielfach Brauch geworden
ist, ein Nest auf dem Kopf zu tragen.

Am andern Morgen, als das junge Ehepaar aufwachte
und Naserümpfchen eben zu ihrem Gemahl sagte: Ich weiß
doch, daß du mein lieber Kuhjohn bist, und hab' dich nur noch

lieber darum! — kam plötzlich die Melkmarei ins Zimmer geflogen, krächzte in einem Athem: Guten Morgen! und ade! und legte was auf den Nachttisch, worauf sie zum Fenster hinaushuschte. Als die Beiden die Bescherung besahen, war's richtig des jungen Ehemanns Kuhjungenverstand. Mit dem hat er lange gerecht regiert und alle Jahr ein Fest feiern lassen, an welchem die Schulkinder hinter die Schule gingen, Blindekuh spielten und jedes ein Schnupftuch geschenkt bekam. Der Melkmarei wurde nach des Grobianus Tode eine herrliche Bildsäule auf demselben Platz errichtet, wo sie verbrannt worden war, und alljährlich den Armen Brodsuppe vertheilt zu ihrem Andenken. Die Nachkommen des Kuhjohn aber haben alle diese Stiftungen eingehen lassen, die Brodsuppe selber gegessen und mit den Schnupftüchern ihre eigne Nase geputzt. Leider schlugen sie überhaupt völlig aus der Art, schrieben sich auf französisch „Cujon" und sind weiter nichts nutz gewesen, als daß sie sprichwörtlich genannt werden, wo von boshaften Plagegeistern die Rede ist.

# Redelint und Runzifudelchen.

Wie es ſich ereignet, daß Funzifudelchen, noch ehe ſie in der Welt
war, von der böſen Fee Aurora Meſopotamia
verwunſchen wurde.

Es war einmal ein guter kleiner König, der hieß
Muffel der Erſte, ein gar leutſeliger Herr, der,
wenn er ſpazieren ging, vor Jedem, der ihn grüßte,
ſeine goldene Krone abnahm. Weil er aber ſehr viel Zeit
übrig hatte, ſchaffte er ſich einen ganzen Marſtall der ſchönſten
Steckenpferde an und lebte nach dem Grundſatz: Man muß
das Angenehme mit dem Angenehmen zu verbinden wiſſen.
Morgens früh zog er eine kleine Maſchine auf, die neben ſeinem
Bette ſtand; das war die ſogenannte Staatsmaſchine, und die
ſorgte dafür, daß die Regierung ihren gehörigen Gang nahm.
Nun iſt der Tag mein, ſagte Muffel der Erſte, ging in ſeinen
Marſtall, ließ ſich eins ſeiner Steckenpferde ſatteln und ritt
nach Herzensluſt darauf herum, daß es ſo eine Art hatte.

Wie aber Jedermann weiß, iſt auf der Welt Nichts koſt-
ſpieliger, als ſolche Rößlein zu füttern und zu pflegen, wie
der gute König ſie ſich hielt, ſo daß die armen Unterthanen
oft das liebe Brod ſich nicht gönnen durften, um nur das
theure Futter zu erſchwingen für den Marſtall ihres Landes-
herrn. Da thaten ſie ſich zuſammen und beriethen, wie dem

Unheil abzuhelfen sei. Endlich kam Einer auf den Einfall, man solle dem guten König eine Frau verschaffen. In der Einsamkeit komme der beste Mensch auf kostspielige Gedanken, und wenn der König gar ein Kindchen hätte, das würde ihm lieber sein, als all seine Steckengäule. Schickten also eine Gesandtschaft an Muffel den Ersten, die ihm den Wunsch seines getreuen Volkes geziemenblich vortrug, in tiefster Ehrfurcht erstarb und mit dem sehr gnädigen Bescheide entlassen wurde, Seine Majestät werde sich's überlegen.

Nun ging der gute kleine Monarch in seinen Thiergarten und überlegte aus Leibeskräften. Aber es waren zu viel schöne Dinge in dem Garten, als daß er ungestört hätte nachdenken können. Gleich vom Schlosse aus mußte er durch eine lange Allee von Invaliden, die Drehorgel spielten, sobald Muffel sich sehen ließ; und Jeder spielte ein anderes Stück, was einem ruhigen Nachdenken nicht eben förderlich sein konnte. Wie aber die Allee zu Ende war, kam man zu einem großen Drahthause, in welchem lauter vergoldete Mohrenkinder auf dem Seil tanzten oder Purzelbäume schlugen. Dazwischen brüllten die Löwen und Tiger des Thiergartens und die Papageien schrieen: Heil dir im Siegerkranz! und die andern Vögel führten eine Pastoral-Symphonie auf, daß es einen Höllenspektakel gab.

Da zog sich der König ganz betäubt die Krone tiefer über die Ohren und ging nach einem stillen Plätzchen im Garten, welches die Eremitage hieß, weil hier vor Zeiten der königliche Hof- und Staatseinsiedler gehaus't hatte. Als er aber das siebente Kind bekommen hatte, wurde der Lärm so groß, daß man den Einsiedlerposten abschaffte und den Ort verwildern ließ. Es wuchsen da nur Cypressen und Trauerweiden,

und nur Schleiereulen, Käuzchen, Trauermäntel und Todten=
köpfe durften hier herumfliegen, weil der gute König an dieser
nachdenklichen Stätte seine schwermüthigen Stunden abwartete,
deren ja jeder Mensch zu überstehen hat. Hier wollte er heut
in der Stille die Heirath bedenken und freute sich, daß die
Löwen, Invaliden und Mohrenkinder weit genug entfernt
waren, um ihn nicht zu stören. Aber wie erschrak er, als ihm
aus dem Schatten der Cypressen eine etwas abgesungene
Frauenstimme entgegentönte, die folgendes Lied gar melan=
cholisch hören ließ:

> Von Sorgen wie bin ich
> Umstrickt und befangen!
> Kein Liebster herzinnig
> Im Arme mich hält!
> In Lüften da hangen
> Die Sterne mit Prangen;
> Doch ach, — ohne Liebe
> Wie dunkel die Welt!
>
> Gar lustig zusammen
> Vier Aeugelein scheinen,
> In seligen Flammen
> Einander gesellt.
> Vertrübt sind die meinen
> Von Wachen und Weinen;
> Denn ach, — ohne Liebe
> Wie dunkel die Welt!

Der gute König, der ein sehr feines Ohr besaß und
gleich gemerkt hatte, daß die Sängerin ebenso falsch als ge=
fühlvoll sang, trat in ziemlicher Verstimmung näher. Da
hatte er den seltsamsten Anblick von der Welt. Eine fremde

Dame saß auf der Rasenbank und sah halb verschämt, halb innig nach dem König um. Sie war freilich nicht mehr jung, aber auch nichts weniger als schön. Uebrigens war sie in großem Putz, und nur an den Manschetten sah man einige Tintenflecke. Um sie herum lag ein ganzer Haufen Bücher, auf deren Rücken in Gold gedruckt stand: Sämmtliche Werke der Fee Aurora Mesopotamia.

Einen Augenblick betrachtete der König betroffen die Fremde, die sich hier so häuslich niedergelassen hatte, drehte die Krone verlegen zwischen den Händen herum und brachte endlich die Worte heraus: Mit Wem, Madame, habe ich die Ehre? — Da bewegte die Dame zierlich den Fächer und flüsterte: Um Vergebung, Majestät! Ich bin die Fee Aurora Mesopotamia, und diese Bücher sind meine sämmtlichen Werke. Monarch, fuhr sie dann mit Wärme fort, ich weiß, Sie gehn auf Freiersfüßen. Warum soll das Weib nicht zum Manne sagen: Ich liebe dich! —?— Herrscher meines Herzens, wirst du diese federkundige zarte Feenhand ausschlagen? — Sie reichte ihm mit einem innigen Blick ihre Rechte und meinte nicht anders, als daß er sie ergreifen und küssen würde. Aber der König setzte ruhig die Krone wieder auf und sagte: Entschuldigen Sie! Sie könnten meine Großmutter sein, schon nach den sämmtlichen Werken zu urtheilen. — Da erröthete die Dame und sprach: Ich bin freilich über die Jahre thörichter Jugend hinaus. Aber ich bringe Ihnen ein Herz voll edler Weiblichkeit entgegen, voll Sinn für das Höhere und mit der Fähigkeit begabt, ein schönes Mannesherz glücklich zu machen. — Wie der König das hörte, sagte er weiter nichts als: Es thut mir aufrichtig leid, mein Fräulein; aber aus der Partie kann nichts werden! — Und dann machte er eine

Verbeugung und kehrte spornstreichs um, als wäre er dem Fegefeuer entronnen.

Die Fee aber rief ihm nach: Verblendeter Monarch! Grober Charakter! Fahre hin und verscherze ein Glück, dessen du nicht würdig bist. Das Kind aber, das eine Andere dir schenken wird, verwünsche ich, daß es sein Lebtag die Augen nicht öffnen soll, wenn ihm nicht einer das Lied der Nixe Undula um Mitternacht vorsingen wird. — Dann schlug sie ein höhnisches Gelächter auf, zertrat die unschuldigen Blumen im Garten und verschwand, und es sollen, wie der Gärtner versichert, die Trauerweiden rings umher so voller Tintenflecke gewesen sein, daß aller Thau des Himmels sie nicht wieder rein waschen konnte.

Wie nun Muffel der Erste, noch ganz erschreckt von der Verwünschung und der verwünschten Person selbst, in tiefen Gedanken seinem Schlosse wieder zuging, sangen auf einmal alle Nachtigallen in den Büschen wie verabredet:

> Prinzessin Rapudanzia
> Die hole dir zum Tanze ja!
> Zikūth, zikūth, zikūth!

Und da fielen alle Leierkasten ein und spielten: „Wir winden dir den Jungfernkranz", und die Löwen und anderen wilden Thiere brüllten in allen Zungen „Vivat Rapudanzia!" und die vergoldeten Mohrenkinder klatschten in die Hände, daß der gute König ganz begeistert ausrief: Volkesstimme ist Gottesstimme!

> Die oder Keine
> Werde die Meine!

Schrieb auch gleich ein sehr artiges Briefchen an die Prin=
zessin und ihren Vater, den König Lillabullero, von dem
er noch denselben Tag durch einen Eilboten folgende Antwort
erhielt:

> König Muffel, mit Vergnügen
> Kannst du meine Tochter kriegen.
> Zeichne mich mit Achtung Dero
> Ew'ger Freund Lillabullero.

Die Prinzessin aber hatte ganz fein und zierlich unter
den Brief geschrieben: Ew. Majestät werden an mir eine treu=
gehorsame Gemahlin finden, und wir wollen uns vertragen
wie die Engel im Himmel.

## Zweites Kapitel.

**Wie der alte verrückte Kapellmeister den aufrührischen Wald=
teufeln nachläuft.**

Die Hochzeit wurde mit großer Pracht und Herrlichkeit
gefeiert, auch bald nachher der ganze Marstall versteigert,
und nur die Invaliden=Allee blieb im Garten, weil auch die
Königin eine große Freundin von guter Musik war. Die
vergoldeten Mohrenkinder aber wurden von den Tabackshänd=
lern gekauft und neben die Ladenschilder gestellt, eine Cigarre
im Munde und einen Federbusch auf dem Kopf.

Da nun die Zeit erfüllet war, genas die Königin eines fei=
nen, lieblichen Töchterleins, dem man den Namen Funzifubelchen
gab. Da war große Freude im ganzen Königreich. Drei
Tage lang war blauer Montag und Volksjubel mit Tanz
und Kegelschieben, und die guten Unterthanen illuminirten

drei Tage und drei Nächte lang alle Häuser, was einen so gewaltigen Glanz gab, daß den glücklichen Eltern davon die Augen übergingen.

Aber nur zu bald wurde die Freude in Trauer verkehrt. Funzifudelchen nämlich, so schön und holdselig sie in ihrer diamantenen Wiege lag, war doch nicht im Stande, die kleinen Augen aufzuschlagen. Muffel der Erste, ingleichen die hohe Wöchnerin waren in Verzweiflung; alle Bemühungen der Aerzte erwiesen sich fruchtlos, denn das kleine Prinzeßchen fing kläglich an zu schreien, sobald man ihr nur die Augenlider berührte. Da gedachte der trauernde König an die Verwünschung der bösen Fee Aurora Mesopotamia und dessen, was sie ihm von der Nixe Undula zugerufen hatte. Er ließ also am schwarzen Brett in der Universität, weil da alle Tage die klügsten Leute aus- und eingehn, einen Anschlag machen, worin er Dem das halbe Königreich und die Prinzessin versprach, der seiner Tochter um Mitternacht das Lied von der Nixe Undula vorsingen könne.

Da zerbrachen sich die gelehrtesten Professoren den Kopf, und besonders der Professor der Nixologie, Theophilus Sutorius geheißen, der ein dickes Buch „über die Meer-, Fluß-, Bach- und Teichnixen" hatte drucken lassen, gab eine eigene Schrift heraus, in welcher er zu beweisen suchte 1) daß die Nixe Undula überhaupt nicht existire; 2) wenn sie aber existirte, würde sie zu der Gattung der Süßwassernixen gehören, die alle stumm seien und von Liedersingen nichts wüßten, und 3) wenn trotzdem ein Lied von einer Nixe Undula vorhanden wäre, so würde es in einer Sprache gedichtet sein, die kein Menschenkind verstehen und lernen könnte, so daß es mit der Verwünschung der bösen Fee ein ganz verwünschter Casus sei.

Warum gerade der Profeſſor der Nixologie die Sache ſo verzweifelt darſtellte, wird ſich ſpäterhin aufklären. Eine günſtigere Anſicht von dem ganzen Fall hatte der Profeſſor der Augenheilkunde, der eine Abhandlung über die Undulationstheorie verfaßte und die Schuld auf die zu ſtarke Illumination ſchob, welche die neugeborenen Augen geblendet habe. Das Prinzeßchen ſollte daher über Tag ſchlafen und nur bei Nacht aufſtehen, bis ſich die zarten Augenſterne von dem erſten Schrecken erholt hätten. Dies fanden die hohen Eltern ſehr vernünftig, es wollte aber lange Zeit nicht den geringſten Nutzen bringen.

Noch mehr aber als den Profeſſoren war den Studenten die Prinzeſſin zu Kopf geſtiegen. Die wohnten alle in einem kleinen Stadtviertel zuſammen, und ihr Weg zur Univerſität führte gerade am Schloſſe vorbei. Der König aber hatte ſeiner Tochter einen gläſernen Pavillon bauen laſſen, wo Jeder ſie über Tag in ihrem Bettchen liegen ſehen konnte, und da ſtanden die Herrn Studenten im Vorübergehen ſtill und ſchauten das Wunderkind an und kamen regelmäßig zu ſpät, wozu die Profeſſoren gewiß lange Geſichter gemacht hätten, hätten ſie ſich nicht bei ihren Forſchungen über die Nixe Undula ebenfalls oft genug verſpätet. Ein Student aber trieb es noch toller als all ſeine Kameraden. Nicht nur, daß er über Tag all ſeine Collegien ſchwänzte, um nach der ſchlafenden Prinzeſſin zu ſpähen: auch bei nachtſchlafender Zeit ließ es ihn oft zu Haus nicht ruhn; er mußte aufſtehn, nach dem Glas-Pavillon laufen und wieder hineingucken. Das war aber eigentlich verboten; denn da ſtand auch die Prinzeſſin auf und aß und trank, wie alle Anderen, und das trauernde Königspaar machte ihr

Besuch und fragte, wie sie sich befinde und ob sie Fortschritte im Französischen mache und in Allem, was sie sonst lernen mußte. Denn sie hatte zu Nacht Unterricht bei den besten Meistern und war sehr klug und lernte darum nicht minder gut, weil sie die Augen nicht aufschlagen konnte. Das durfte aber Niemand mit ansehn, und Febelint — so hieß der neugierige Student — mußte oft den Tag über im Carcer sitzen, weil der Nachtwächter ihn bei dem Glas-Pavillon angetroffen hatte.

In der Stadt wohnte auch ein alter Kapellmeister, der zugleich Kantor und Organist am Dom war, ein kleines dürres Männchen, krumm wie ein Fiedelbogen, der hieß Bratsche. Weil er aber immer so wunderliche Reden führte und ganz sonderbar einherging, nannten ihn die Currende-Jungen und bald auch die ganze Stadt nicht anders als den alten verrückten Kapellmeister. Der hatte sich auch ganz sterblich in Funzifubelchen verliebt, und war er früher beim Choralsingen oft in eine andere Melodie gerathen, so that er's jetzt erst recht, so daß die andächtigen Leute den Kopf schüttelten und sagten: Es wird doch immer ärger mit unserm alten verrückten Kapellmeister. Der aber kehrte sich viel dran! Er hatte nichts anderes im Sinn, als das Lied der Nixe Undula, und schlug alle alten Liederbücher nach, ob er es nirgend aufgezeichnet fände, und setzte sich in den Kopf, wenn es nicht aufzufinden wäre, müsse er selber es componiren, und daß es in C moll gehen müsse, war ihm ganz außer Zweifel. Was wollte aber die bloße Tonart helfen, wenn es auch die richtige gewesen wäre? Damit bekam er weder die Prinzessin, noch das halbe Königreich.

Eines Abends saß er oben in seinem Dachkämmerchen

ohne Licht, denn er war sehr arm; aber der Mond schien ihm gerade auf den Tisch, der mit Noten und Instrumenten bepackt war. Nebenan schlief die alte Ursel, seine Haus=hälterin, aber sie hatte einen sehr leisen Schlaf, und er mußte des Abends immer fein still sein und stumme Musik machen, weil sie sonst aufwachte, und dann war sie sehr bös. Da saß er nun und sah zum Monde hinauf und meinte, die Flecken drin wären am Ende Noten. Wie er nun eben daran ging, sie zu entziffern, und dachte wahrhaftig, am Ende stehe das Lied der Nixe Undula im Monde geschrieben: hörte er unten auf der Gasse einen tiefen, brummenden Ton. Das ging aber so zu.

Es war um die Zeit der Pfingsten, wo die Kinder gewöhnlich das Spielzeug, das sie zu Weihnachten be=kommen haben, wegwerfen und ins Freie laufen. Dadurch waren unter andern auch die Waldteufel in Ruhestand ver=setzt worden, und weil das von Natur ein verteufelt brum=miges Volk ist, auch Haare auf den Zähnen hat und den Umschwung der Dinge liebt, war es im Stillen zu einer Verschwörung unter ihnen gekommen. Sie hatten sich aus den Bodenkammern, wohin sie verbannt waren, ins Freie geschwungen und auf einem geräumigen flachen Dach in einer schönen Nacht eine Volksversammlung gehalten. Einer, der durch seine Dicke und Größe ausgezeichnet war, auch das Bild Muffel's des Ersten auf der Brust trug, wurde zum Hauptmann gewählt, schwang sich auf einen Schornstein und hielt folgende Rede: Brüder! Freunde! Freie Männer! Man hat uns als dumme Teufel behandelt und zu unthätiger Ruhe verurtheilt, die der Tod unsrer schönen Stimmen sein würde. Wir sind waldursprüngliche, freie Geschöpfe; wir brauchen uns das nicht gefallen zu laffen. Kehren wir in den Urzuſtand zurück! Flüchten wir in die böhmiſchen Wälder! — —

Allgemeines Beifallsgebrumme übertönte die Stimme des Redners. Es wurde beſchloſſen, alsbald aufzubrechen, und ſo ſetzte ſich das ganze geſchwänzte und geſtielte Heer in Bewegung und flog gerade durch die Gaſſe, wo der alte verrückte Kapellmeiſter den Mann im Monde für ein Notenblatt anſah. Bratſche ſpitzte die Ohren. Urſel! rief er, Urſel! hört Sie nicht? — Was iſt denn, Herr Kapellmeiſter? rief die heiſere Alte aus dem Nebenzimmer. — 's iſt ein gräulicher Rumor auf der Straße. Was mag's ſein? — Ach, nix! Hundelärm! gab die Alte zur Antwort und drehte ſich ärgerlich auf die andere Seite. Bratſche horchte hoch auf. Nixe? Undula? wiederholte er. Wahrhaftig, ich glaube, ſie hat Recht. Klang mir's doch gleich wie C moll. Da muß ich nach! O ich glücklichſter Kapellmeiſter unter dem Monde!

Und damit ſtürzte er barhaupt und im Schlafrock die Treppe hinunter und den Waldteufeln nach zum Thore hinaus.

---

## Drittes Kapitel.

### Wie Fedelint zum Schatzgraben in den Wald geht.

In derſelben Nacht ſaß Fedelint in ſeinem Studentenſtübchen am Pult und hatte einen großen griechiſchen Folianten in Schweinsleder vor ſich. Er war eben wieder aus dem Carcer entlaſſen worden, worin er bei Waſſer und

Butterbrod vier und zwanzig Stunden hatte sitzen müssen. Dessenungeachtet war er sofort wieder zum Glas=Pavillon gelaufen, um seine geliebte Prinzessin zu sehen; aber zwei Nachtwächter standen da Schildwacht und ließen ihn nicht herankommen. Man hatte ihnen freilich die Augen verbunden, damit sie nicht selbst das Verbot übertreten möchten; aber sie fochten die ganze Nacht hindurch mit großen Spießen rings um sich her in die blaue Luft, und zwei große Bulldoggen an ihrer Seite fletschten beständig die Zähne, so daß kein Verliebter, wenn er auch noch so viel Courage hatte, herankonnte. Also schlenderte Fedelint betrübt wieder nach Hause, und wie er durch die mondhellen Gassen ging, fiel ihm ein Lied ein und er sang:

> In der Mondnacht, in der Frühlingsmondnacht
> Gehen Engel um auf leisen Sohlen;
> Blonde Engel, innig und verstohlen
> Küssen sie die schönsten Menschenblumen.
>
> Tausendschönchen, allerliebste Blume!
> Weiß es wohl, woher der Schimmer stammet,
> Der dir heut das Antlitz überflammet:
> Bist noch in den Traum der Nacht verloren;
>
> Denkst der Engel, die durchs kleine Fenster
> Sich auf Mondesstrahlen zu dir schwangen,
> Leise dir zu küssen Mund und Wangen
> In der Mondnacht, in der Frühlingsmondnacht!

Ein Student ist leider kein Engel! seufzte er vor sich hin. Dann kletterte er die vier Treppen hinauf und trat in seine Stube.

Er wohnte aber mit seinem einzigen Bruder zusammen, der ein Geigenspieler war und den Namen Fiebelant führte.

Fedelint und Fiedelant führten ein so einträchtig brüderliches
Leben, daß es für die ganze Nachbarschaft ein erbauliches
Exempel war; aber da das Musiciren nicht viel mehr ein=
brachte, als das Studiren, waren sie nicht nur Ein Herz
und Eine Seele, sondern auch nur Ein Rock und Eine Weste,
so daß immer der Eine zu Hause bleiben mußte, wenn der
Andere ausging, weil die gute alte Sitte, daß die Studenten
im Schlafrock spazieren gingen, leider schon lange abgekommen
war. Nun hatte Fedelint im Carcer sich's bequem gemacht
und seinem Bruder einstweilen den schönen Schnürrock und
die Stulpenstiefel gelassen. Er wunderte sich auch durchaus
nicht, als er das Zimmer leer fand, und dachte, Fiedelant
sei inzwischen etwa auf eine Hochzeit zum Aufspielen geholt
worden und werde morgen früh sich schon wieder einstellen.
Wie er aber an sein Pult trat, sah er dort einen Zettel
liegen, auf welchem sein Bruder mit der Notenfeder in dicken
Buchstaben folgende Zeilen geschrieben hatte:

> Lieber Bruder, nimm's nicht übel,
> Wenn du leer findst unser Stübel.
> Leider muß ich dir gestehn,
> Daß ein Unglück ist geschehn,
> Weil ich selber unterdessen
> Mich vergafft in die Prinzessen.
> Will darum die Welt durchwandern,
> Spanien, Welschland und die andern
> Königreiche, Meer' und Inseln,
> Um dir hier nichts vorzuwinseln.
> Wenn ich unterwegs am Ende
> Das bewußte Liebchen fände,
> Schick' ich dir's, das glaube du,
> Cito wohlversiegelt zu,
> Daß du aus der Macht des bösen

Feenzaubers magst erlösen
Die geliebte Funzifudel.
Hiermit end' ich dies Gesudel. —
Scheiden, Meiden das bringt Schmerz
Gott behüt' dich, Bruderherz!

Dieser Abschiedsbrief betrübte den guten Fedelint sehr, aber da man sich in eine Prinzessin nicht brüderlich theilen kann, wie in Rock und Weste, und seine Liebe nicht nur von älterem Datum war, sondern auch durch viele Carcerstrafen bereits erprobt und befestigt, fand er es am Ende am besten so, wie Fiebelant es beschlossen hatte, machte aus dessen Scheidebrief einen Fidibus, und als er seine lange Pfeife daran angezündet hatte, bestieg er seinen Reitbock um vorm Schlafengehen sich die schwermüthigen Gedanken wegzustudiren.

Da klopfte es dreimal an die Thür. Nur immer herein! rief der Studiosus am Pult. Die Thür ging auf, und ein altes, vertrocknetes Mütterchen trat ein mit einer wunderschönen rothen Nase, die wie lauter Rubin funkelte. Junger Herr Studiosus, fing sie an und zwinkerte schlau mit den Augen, junger Herr Studiosus! — Was wollt Ihr denn noch so spät, gute Alte? sagte Fedelint und bot ihr den einzigen Stuhl an, nachdem er ein Dutzend Bücher weggeräumt hatte. — Nicht sitzen, junger Herr, nicht sitzen! Mit mir müßt Ihr gehen, in den Wald hinaus, links an der Mühle vorbei; da liegt ein Schatz, hihihi! Sollt ihn haben, wenn Ihr mitkommt. — Fedelint bedachte sich nicht lange. Das Geld war ihm dummer Weise schon seit drei Monaten ausgegangen, und die Philister wollten nicht länger borgen. — Auf einmal aber fiel ihm ein, daß er jetzt ja nur noch den Schlafrock hatte, weil sein lieber Bruder ihren Gehrock natürlich mit auf die Reise hatte nehmen müſſen. Er fragte daher die Alte, ob man auch in Schlafrock und Pantoffeln auf die Schatzgräberei ausgehen könne. Als aber das unheimliche Weib — welches Niemand anderes war, als die Fee Aurora Mesopotamia, — nur mit dem Kopf nickte und in ſich hinein kicherte, ſetzte er die Cereviskappe auf die braunen Locken und folgte ihr ganz getroſt die vier Treppen hinab. Sie gingen zuſammen durch die verzwickteſten Gäßchen, immer an den Häuſern entlang, die im Schatten ſtanden, und die Alte trippelte mit erſtaunlicher Geſchwindigkeit voraus, wobei ſie beſtändig in ſich hinein kicherte. — Hört einmal, fing Febelint endlich an, laßt mir das ewige Kichern; es wird einem ganz unheimlich dabei. — O du liebe Zeit! ſagte die Alte; Euch Herrn Studioſen iſt auch gar nichts recht zu machen. Immer habt Ihr was zu befehlen und aufzutrumpfen — Alte, ich verbitte mir alle anzüglichen Redensarten! drohte Febelint. Sagt, iſt's noch weit bis zum Schatze? — Ja, ja, der Schatz, der Schatz! murmelte die Alte. Wird Euch die Zeit ſchon lang? Geduld, Geduld! Jugend hat keine Tugend. — Sie waren zum Thore hinaus, und da fing gleich der ſtockfinſtre Wald an. Nur ein ſchwacher Mondblitz fiel von Zeit zu Zeit auf den Weg, den ſie einſchlugen; aber die Alte mußte Augen haben, wie eine Eule, denn ſie ſtieß kein einzig Mal an einen Baum oder ſtolperte über eine Wurzel; vielmehr glaubte Febelint zu bemerken, daß die Aeſte und Sträucher ſcheu vor ihr ausbogen.

Am Ende iſt's eine Hexe, dachte er bei ſich. Es lief ihm ein bischen kalt über den Rücken. Dann aber dacht' er gleich: Was kann ſie mir thun? An meinem Leben liegt mir nicht viel; da würd' ich der Qual um Funzifubelchen

auf einmal los. Aber wenn sie es gar selber auf mich ab=
gesehen hätte und mich zwingen wollte, sie zu heirathen?
Nun, zum Heirathen gehören Zwei, und behexen laß' ich
mich von solcher alten Vettel nicht so leicht. — Sie gingen
neben einen blanken Bach vorbei, in den der Mond schöne
silberne Ringe warf. Da hörte Fedelint, wie die Alte vor
sich hin sang, gerade als wüßte sie, was er gedacht hatte:

> Und bild' dir nur im Traum nichts ein,
> Du bist mir viel zu jung;
> Ums Kinn noch kaum dir sproßt der Flaum,
> Das ist mir nicht genug.
>
> Und wenn ich einen heirathen thu',
> Muß sein ein Reiter zu Roß,
> Noch eins so lang und breit wie du,
> Sein Bart zweier Ellen groß.
>
> Sein Rappe saust in Windeslauf,
> Sein Bart der deckt mich zu;
> Ich sitz' vor ihm am Sattelknauf,
> Und hinterm Ofen du!

Eben wollte Fedelint anfangen, die Alte zur Rede zu
stellen über das ehrenrührige Lied, da machte der Weg eine
Schwenkung, und sie standen vor einer schaurigen Schlucht,
in die der Bach schäumend sich hinabwarf und ein gewaltiges
schwarzes Mühlenrad trieb. Die Mühle lag in dunkeln Um=
rissen dahinter, an den Berg angelehnt, drüber gelagert groß=
mächtige Eichen und Edeltannen, welche die Hütte ganz ver=
schatteten. Junger Herr Studiosus, flüsterte die Alte
freundlich grinsend und faßte ihn mit der dürren Hand am
Arm, da den Steg hinab, da geht's zum Schatze. Fedelint
folgte zögernd und hatte sich nur in Acht zu nehmen, daß

sein Schlafrock nicht alle Augenblicke an den spitzen Felszacken hangen blieb. Ein morscher Baumstamm lag über dem Bach, der unter ihren Füßen krachte, und die Wellen murmelten: kullerkuller, hüt' dich! hüt' dich, Studentchen! gluck! gluck! Aber Fedelint war ohne Furcht, denn er dachte an Funzifubelchen.

Sie waren schon hart an der Mühle, doch konnte Fedelint die alte wohlbekannte Hütte nicht wiedererkennen; auch der Grund, in welchem sie lag, schien ihm verändert, wilder und schauerlicher, und die Berge, die sonst ein gut Stück von ein= ander entfernt waren, rückten ganz nahe zusammen und drohten einander mit den überhangenden Kuppen, wie riesige Stiere, die einander die Hörner weisen. An der Stelle der verfallenen Hütte aber, in der nur der alte Müller wohnte, stand eine verwilderte Burg, ganz in Trümmern, und zwischen den Fensterlücken, wo das Nachtgevögel kreischend aus= und einflog, drängten sich die Mondstrahlen und zitterten über die Schlinggewächse, die aus allen Ritzen vorbrachen. Ein einziger Erker war wohlerhalten und schien bewohnt. Seht Ihr, Herr Studiosus? Da, wo das Licht blinkt zwischen den weißen Vorhängen, da ist der Schatz verborgen. Wie die Alte das sagte, fing eine Guitarre leise an zu klimpern und eine süße Stimme sang dazu. Da hörten sie folgende Worte:

Fedelint! Fedelint!
Die Nacht ist lang;
Da wird so bang
Mir armem Kind!

Alt Eule schreit,
Des Windes Saus
Geht rings ums Haus;
Was bist so weit?

Komm, komm geschwind!
Mein Herz und Sinn
Zu dir steht hin,
Fedelint! Fedelint!

Wollt Ihr sie verschmachten lassen, junger Herr? flüsterte die Alte. Ruft ihr zu, daß Ihr kommen wollt. — Ich weiß nicht, Alte, sagte Fedelint, mir sitzt was im Hals, ich kann nicht rufen; laßt mich hineinschauen. — Kommt, erwiderte die Alte, ich will Euch huckepack zum Erkerfenster tragen. — Damit hatte sie den leichten Studenten schon auf den Rücken genommen und war mit ihm nach dem Fenster getrippelt. Der Wind stieß die Vorhänge zurück, daß das Licht drinnen flackerte und der Schlafrock Fedelint's der Alten weit über den Rücken wehte. Den aber kümmerte es nicht; mit den Händen klammerte er sich ans Fenstersims und schaute hinein. Da lag ein wunderschönes Mädchen mit schwarzem Haar im Großvaterstuhl, die Guitarre in den weißen Armen, und ihre schlanken Finger glitten eben wieder über die Saiten, als Fedelint den Kopf zum Fenster hineinsteckte. Da schlug sie die langen Wimpern zu ihm auf, sah ihm mit einem schmach= tenden Blick gerade in die Augen und sang:

Fedelint! Fedelint!
Mußt fest dich klammern
An meiner Kammern
Fensterlein fest,
Auf daß dich läßt
Hangen der Wind, der Wind!

Doch mußt vorher
Verschwören, vergessen
Die kleine Prinzessen;

Darfst sonst nicht ein
Zur Liebsten dein,
Küssen sie nimmer, nimmermehr!

Hihihi! kicherte die Alte unten und schob den Schlafrock weg, daß der Reiter auf ihrem Rücken besser hören möchte, seid doch klug, Herr Studiosus! was soll Euch das blinde, verwunschene Ding? — Darauf wurde es stille; nur der Mühlbach rauschte gewaltig auf. Fedelint packte ein eisiges Grauen am Schopf: das schöne Mädchen stand auf vom Großvaterstuhl, ging lächelnd und winkend auf ihn zu und wollt' ihm die Hand reichen, um ihm hineinzuhelfen. Plötzlich trat ihm Funzifudelchens Bild vor die Seele, wie sie so still und blumenhaft im Bettchen lag und die Augen nicht aufmachen konnte und wäre so gern erlöst worden, und er faßte sich ein Herz und schrie: In die Hölle, Hexenpack, jung und alt! — Da that das schöne Mädchen einen gewaltigen Schrei, die Alte kreischte laut auf, schleuderte den armen Fedelint von ihrem Rücken hoch in die Luft, und wie er wieder zu sich und auf die Erde kam, war Alles verschwunden. Er stand hart an der Thür der wohlbekannten Mühlenhütte; es war wieder der alte freundliche Grund, und der Mühlbach trieb ruhig das Rad, daß der Schaum im Monde glitzerte.

Fedelint rieb sich die Stirn; es war ihm, als hätte er geträumt; und doch war Alles so lebendig gewesen, er meinte noch immer das heisere Kichern der Alten zu hören. Leise klinkte er die Thür auf und trat hinein. Innen hörte er zwei Leute schnarchen; das Mondlicht, das durchs Fenster schien, ließ ihn den Müller und seinen Mühljungen erkennen, die lagen auf dem Stroh, und Jeder hatte einen mächtigen Mühlstein als Kissen unterm Kopf. Behutsam machte sich

Febelint wieder fort und zog die Thür leise hinter sich zu. —
Bin ich denn nicht bei Sinnen, oder ist's das Fasten im
Carcer, das mich so schwach gemacht hat? murmelte er vor
sich hin, als er weiter ging. Der morsche Balken war ver=
schwunden; dafür ging er über den alten festen Steg und
hielt sich am Geländer fest, weil ihm schwindelte vor all
seinen Gedanken. Ich muß machen, daß ich nach Haus
komme, sagte er; die alte Schneiderin (das war nämlich seine
Hausfrau) soll mir einen Thee kochen, damit ich das Fieber
los werde. So ging er die dunklen Waldwege nach der
Stadt zurück. Ein leichter Regenschauer machte ihn frösteln;
doch wurde er ganz lustig und sang alte, schöne Studenten=
lieder und dachte an Funzifudelchen. Allmählich hörte auch
der Regen auf, und die Wolken flogen fort, die den Mond
verhüllt hatten. An einem heimlichen Plätzchen machte er
einen Augenblick Halt; da glänzte der Mond gar zu schön,
und die Wellen liefen lustig murmelnd vorüber. Ein Weiden=
baum hing quer über dem Bach, daß der Stamm eine ordent=
liche Brücke bildete. Ei, da muß sich's gut sitzen lassen!
dachte Febelint, schwang sich behend auf den Stamm und
ließ Füße und Schlafrock herunterhangen, daß die Wellen
ihm die Sohlen seiner Schuhe benetzten und der Schlafrock
einen nassen Saum bekam. Wie er so saß, kam ihm wieder
ein Lied in den Sinn, und er sang:

<blockquote>
Wie bin ich nun in kühler Nacht<br>
Im Wald herumgestrichen!<br>
Die Bäume, noch von Regen schwer,<br>
Die wogten tropfend hin und her;<br>
Hätt' nicht mein Herz gebrannt so sehr,<br>
Nach Haus wär' ich gewichen.
</blockquote>

Die lohe Glut kein Regen mag,
Kein Thau zu kühlen taugen.
Der rothe Blitz entflammt sie nicht,
Der jäh die schwarzen Eichen bricht;
Das that der Liebsten Angesicht
Mit den zwei lichten Augen.

Ach Gott! dachte er und hielt inne, das paßt freilich nicht zum Besten! Es ist doch ein Jammer, wenn man eine Liebste hat, die verwunschen ist und die Augen nicht aufschlagen darf; darauf ist kein einziges altes Lied eingerichtet. — Er saß so eine Weile und sann; dann sang er weiter:

Es geht ein Wehen durch den Wald,
Die Windsbraut hör' ich singen,
Sie singt von einem Buhlen gut,
Und bis sie dem in Armen ruht,
Muß sie noch weit in bangem Muth
Sich durch die Lande schwingen.

Der Sang der klingt so schauerlich,
Der klingt so wild, so trübe.
Das heiße Sehnen ist erwacht;
Mein Schatz, zu tausend gute Nacht!
Es kommt der Tag, eh du's gedacht,
Der eint getreue Liebe.

## Viertes Kapitel.

### Wie Fedelint durch ein Unglück ein Glück macht.

Eben war Fedelint im Begriff, seinen kühlen Sitz zu verlassen, da rauschte es nicht gar weit von ihm in den Wellen, daß er neugierig in die Höhe sah. An einer breiteren Stelle des Wildbachs war es, da ging eine ordentliche Bucht ins Ufer hinein, rings von dichtem Busch bekränzt, daß man nicht von wo anders hinsehn konnte, als von der Stelle, wo Fedelint saß. Da mußte das Wasser gar tief sein, denn es war still wie ein kleiner Weiher und kein Kiesel schimmerte vom Grunde. Ein blondes Weib tauchte aus der Tiefe auf, die langen Haare mit Vergißmeinnicht und Wasserlilien bekränzt, ein langes weißes Gewand umgeworfen, das wie Silber glänzte. Sie setzte sich, Fedelint abgewandt, auf einen der großen mit Moos überwachsenen Steine, um die der Bach herumstrudelte, und begann ihre gelös'ten Haare in einem Wellenscheitel zu ordnen; dabei sang sie folgendes Lied:

> Dein Herzleid mild,
> Du liebes Bild,
> Das ist 'noch nicht erglommen,
> Und drinnen ruht
> Verstohlne Glut,
> Wird bald zu Tage kommen.
>
> Es hat die Nacht
> Einen Thau gebracht
> Den Knospen all im Walde,
> Und Morgens drauf
> Da blüht's zuhauf
> Und duftet durch die Halde.
>
> Die Liebe sacht
> Hat über Nacht
> Dir Thau ins Herz gegossen,
> Und Morgens dann,
> Man sieht dir's an,
> Das Knösplein ist erschlossen.

Sie hatte kaum geendet, da hörte sie hinter sich ein gewaltiges Krachen, und gleich darauf fiel ein schwerer Körper ins Wasser. Wie sie umblickte, gewahrte sie Fedelint, bemüht sich aufzurichten zwischen den Steinen und Wellen; der Weidenstamm hing gebrochen über ihm. Er war, in das Lied versunken, zu weit aufs obere Ende hinaufgerutscht, um die Sängerin besser zu sehen. Die aber wandte sich halb erschrocken, halb zürnend um, und als sie den Mann im Schlafrock erblickte, rief sie: Ha, schnöder Sterblicher, nicht zum zweiten Mal soll dein heimtückisches Spiel dir gelingen. Damit du den Menschen zum Abscheu werdest, wie du es mir geworden, sollen dir zur Strafe für deine Bosheit auf der Stirn zwei Hörnlein wachsen! — Damit wollte sie eilig in die Tiefe hinabtauchen. Aber Fedelint, der mit Entsetzen fühlte, daß auf Einen Ruck aus seiner Hirnschale ein ganz ansehnliches Geweih hervorgeschossen war, rief ihr flehentlich zu: Allergnädigste Waldgöttin, Nymphe oder Nixe, wer du auch seiest, ich beschwöre dich, höre auf meinen Ruf und entschwinde mir nicht, ehe du mich näher betrachtet hast. Denn so wahr ich ein armer Student im dritten Semester bin, so wahr ist es, daß ich nicht das geringste Böse im Schilde geführt und die Strafe ganz unschuldig erlitten habe.

Er hatte sich indessen ans Ufer geschwungen und betrachtete, so gut es bei dem ungewissen Lichte gehen wollte, seinen zackigen Kopfputz in dem Spiegel des kleinen Weihers. Mitten in seiner Bestürzung und Betrübniß mußte er laut auflachen, ob er sich in dem großblumigen Schlafrock mit den Hörnlein zwischen den Locken wie ein rechter Waldgott auf einer Maskerade vorkam. Das wissen die Götter, Fräulein, rief er der Nixe entgegen, die nun selbst mit betroffener Miene

ihm entgegen geschwommen kam, Ihr habt eine seltsame
Manier, harmlosen Besuchern ein Andenken mit auf den Weg
zu geben. Für Wen habt Ihr mich nur angesehen, daß Ihr
gleich in einen so gefährlichen Zorn gerathen seid?

Ach, lieber junger Herr, sagte die Nixe, die eben ans
Land stieg und jetzt ein sehr holdseliges Gesicht zeigte, das
ist eine lange Geschichte. Ich bin es Euch wohl schuldig
für den Schrecken, den ich Euch gemacht, sie Euch zu erzählen,
und übrigens seid nur getrost, der Schade wird unschwer
wieder gut zu machen sein. Vor Allem aber erzählt mir,
wer Ihr seid, und was Euch bei nachtschlafender Zeit in
mein waldiges Revier gelockt hat.

Also setzte sie sich zutraulich neben Fedelint ins Ufer-
gras, half ihm, das Wasser aus seinem Schlafrock ausringen
und lachte, da der Student einen scheuen Blick auf den Saum
ihres Gewandes warf. Seht nur dreist her, sagte sie, ich bin
kein fischschwänziges Ungethüm, wie Eure Professoren der Nixologie mir nachsagen; Ihr könnt ein ganz gutes Zutrauen zu
mir fassen. — Dabei streckte sie zwei kleine silberne Füße unter
ihrem Röckchen hervor, in deren Adern freilich kein warmes
rothes Blut zu fließen schien, die aber doch Fedelint vollkom-
men beruhigten. Er erzählte nun seine ganze Geschichte,
von seiner Liebe zu Funzifudelchen, seinem Bruder, der in
die Welt gegangen, dem nächtlichen Abenteuer mit der bösen
Hexe, und wie er den Heimweg nicht mehr habe finden
können. Dann begehrte er wieder zu wissen, für Wen die Nixe
ihn gehalten, da sie von einem heimtückischen Bösewicht gesprochen. — Armer Schelm! sagte die Nixe, du warst freilich nicht gemeint. Jetzt aber will ich dich erst ein wenig be-

wirthen, denn du wirst hungrig sein von dem Fasten im
Carcer und dem Nachtwandern.

Sie pflückte rasch von den Vergißmeinnicht, die in großer
Menge am Bache wuchsen, schlang ein Kränzchen und warf's
auf die tiefe Stelle im Weiher.  Dazu sang sie:

> Kränzlein von den Blumen blau,
> Schwimm zu meiner Kammerfrau,
> Sag ihr, daß sie bring' herbei,
> Was vom Abend übrig sei:
> Fischsalat von Lachsforellen,
> Butterbrödchen mit Sardellen,
> Grünen Aal und blauen Hecht,
> Was sich sonst noch finden möcht'.
> Sei geschwinde wieder da,
> Dies befiehlt dir Undula.

Das Kränzlein war Augenblicks hinabgesunken.  Fedelint
aber saß in tiefen Gedanken.  Fräulein Nixe, fing er an, ist
Undula wirklich Euer Taufname? — Die Nixe wurde roth.
Man kennt mich jetzt nur unter diesem Namen, sprach sie;
früher hieß ich Wellinde und habe mich erst von dem bösen
Menschen ins Lateinische übersetzen lassen, für den ich Euch
angesehen.  Aber von alle dem sollt Ihr ausführlicher hören.
Für jetzt mögt Ihr zu Eurem Troste nur wissen, daß ich
wirklich die Undula bin, welche die böse Fee Mesopotamia
meinte, als sie Euer Funzifudelchen verwunschen hat; und das
Lied, das Ihr mich singen hörtet, ist wirklich dasselbe, das
sie erlösen kann.  Nun aber laßt es Euch erst schmecken und
nehmt mit dem Wenigen vorlieb, was ich Euch bieten kann;
ich war auf einen so späten Gast nicht eingerichtet, und ein
Schelm giebt mehr, als er hat.

Indem tauchte aus der klaren Flut ein großes grünes Tischchen auf, das aus Seerosenblättern bestand und langsam auf die Uferstelle zuschwamm, wo die Nixe mit ihrem jungen Gefährten saß. Auf der grünen Platte, die recht wie ein Tischchendeckdich zum Vorschein kam, waren eine Menge appetitlicher Gerichte aufgestellt, lauter Fastenspeisen, die aber für zehn hungrige Studenten gereicht hätten. Fedelint ließ sich auch nicht lange nöthigen, sondern griff tapfer zu, und seine Wirthin gestand, daß sie seit dreißig Jahren nicht mehr einen so herzhaften Appetit erlebt habe. Dabei wurde sie in Erinnerung an alte Zeiten ein wenig nachdenklich, ließ die Perlen ihres Halsbandes durch die Hand gleiten, und während Fedelint fortfuhr, unter den leckeren Fischgerichten aufzuräumen, erzählte sie Folgendes.

## Fünftes Kapitel.

### Abenteuer der Nixe Undula mit dem Professor Theophilus Sutorius.

Es ist nun schon dreißig Jahre her oder gar darüber, und obgleich wir Nixen nicht altern, haben wir doch unsere Zeiten, wo man uns noch nicht für voll ansieht, gerade wie die jungen Fräuleins, die eben erst die Kinderschuhe ausgetreten haben. So nannten auch mich damals meine älteren Schwestern ein grünes dummes Ding, einen Backfisch, und auf den großen Nixenbällen durfte ich noch nicht mittanzen. Darüber war ich sehr traurig und suchte mir einen stillen Schmollwinkel, so oft ich von irgend einer Festlichkeit der

Großen zurückbleiben mußte. Am liebsten saß ich in dem Wipfel jenes Erlenbäumchens, das, wie Ihr sehen könnt, die Zweige zu einem förmlichen Ruhesitz ausbreitet, und ließ da meinen Thränen freien Lauf.

Da saß ich also wieder einmal und weinte vor Neid und Aerger, weil ich die lustige Tanzmusik drüben vom großen Weiher herüberklingen hörte, und kam mir doch schon so er= wachsen vor wie all die Andern; da sah ich einen jungen Menschen durch den Wald daherschlendern, das Ränzel auf dem Rücken und eine bunte Mütze auf den Locken. Er hatte ein ganz hübsches junges Gesicht, nur ein bischen bleich und schmal, und seine Augen gingen müde und überwacht umher, als ob sie an Nichts rechte Freude finden könnten. Wie er aber von dem Erlenbäumchen herab mein langes Haar wehen sah, blieb er sehr verdutzt stehen, nahm vor Verlegenheit seine Mütze ab und starrte mit offnem Mund und Augen zu mir hinauf, wie wenn er ein Meerwunder erblickte. Ich mußte auf einmal über seine dumme Miene lachen, dabei gefiel er mir übrigens recht gut, und so rief ich ihm zu: Setzen Sie nur die Mütze wieder auf, junger Herr, und machen Sie den Mund zu, und wenn Sie ein halb Stündchen Zeit haben, klettern Sie da zu mir herauf, da ist noch ein freier Ast für Sie, so können wir eins mitsammen plaudern. — Er ließ sich auch nicht lange bitten, kletterte etwas unbeholfen zu mir in die Höhe und setzte sich mir stumm gegenüber, immer mit einer Miene, als ob er mir nicht recht traute. — Da mußte ich noch mehr lachen. Nun wahrhaftig, sagt' ich, Ihr seid mir ein schöner Held, fürchtet Euch gar vor einem armen Nixchen, das sie Alle Backfisch schimpfen. — Wie ich das Wort Nixe ausgesprochen hatte, glänzten ihm plötzlich

die Augen. Ist es wahr? rief er. Sie wären eine richtige
Nixe? Ach, mein verehrtes Fräulein, da bin ich ja einer der
glücklichsten Sterblichen! Und nun erzählte er mir ganz treu-
herzig, daß er Gottlieb Schuster heiße, und sei ein Studiosus
der Nixologie im siebenten Semester. Obgleich sich's dabei aber
um lauter Wassergeschöpfe handle, sei es doch ein äußerst
trockenes Studium so bloß aus Büchern, und er habe sich
auch richtig so dran überstudirt, daß er Appetit und Schlaf
verloren und die Aerzte ihm gerathen hätten, ein paar
Wochen ins Freie zu wandern. Nun aber sei er, wie er
sehe, auf die rechte Fährte gekommen, die ihn zu dem eigent-
lichen Quellenstudium geleitet habe, und könne die schönsten
und lebendigsten Kenntnisse sammeln, wenn ich es nicht ver-
schmähen wolle, ihn in die Lehre zu nehmen.

Ich gestehe meine Schwäche, daß ich eitel darauf war,
trotz meiner vielgescholtenen Jugend schon für eine so wichtige
Person zu gelten und einen so schmucken Schüler zu haben,
von dem meine Schwestern nichts wußten. Und so war ich's
denn wohl zufrieden, daß mein lieber Theophilus, wie er
sich auf Lateinisch schrieb —

Theophilus Sutorius? rief Federlint. Ist es möglich,
Fräulein, daß Ihr diesem alten Kameel — ich bitte tausendmal um Verzeihung —

Schimpft nur auf ihn, so viel Ihr wollt, seufzte die
schöne Nixe. Wenn Ihr wüßtet, wie undankbar und herz-
los dieser abscheuliche Mensch sich gegen mich betragen hat!

Alles weiß ich, und vielleicht Mehr, als Ihr selbst!
brauf'te der entrüstete Federlint auf. Ich habe selbst die Abhandlung gelesen, in welcher er beweis't, daß eine Nixe
Undula nie und nimmer existirt habe, und in seinem fünf-

stündigen Colleg über Nixologie behauptet er ganz dreist, Euer ganzes Geschlecht habe kein Herz und einen Fischschwanz statt der ·Beine und Fischgräten statt der Zähne und eine Menge solcher abscheulicher Lügen, wie ich mich jetzt durch den Augen= schein überzeugen kann. Ei du Schelm und Wicht! Dich soll doch gleich ein heiliges Ungewitter —

Die Nixe aber legte ihm ihre kleine Hand auf den Mund und sagte: Sprecht nicht so böse Worte, lieber Freund. Er kann nichts dafür, daß er ein so trockener Geselle ist und kein Verständniß für die Wasserwelt hat. Wie hätte er's sonst übers Herz bringen können, nachdem ich ihn hier viele Wochen lang beherbergt und ihm Alles gethan habe, was ich ihm nur an den Augen absehen konnte, eines Tages plötzlich zu verschwinden und nur seine Karte hier an der Erle angeheftet zurückzulassen, mit folgenden Zeilen:

> Vielgeliebte Undula,
> Theuerste discipula!
> Zeit ist's, daß ich dich verlaß',
> Nicht mehr hab' ich ferias.
> Doch zum Abschied drückte dir
> Auf die linke Ecke hier
> Einen ganz devoten Kuß
> Theophilus Sutorius.

Seine discipula nannte er mich, weil er mir ein bischen Latein beigebracht hatte, was freilich kaum der Rede werth war gegen alle die merkwürdigen Geheimnisse über das Nixen= reich, die ich dummes Ding ihm verrathen hatte, und die er jetzt als seine eigenen Forschungen in Büchern und Vor= lesungen zu Markte bringen mag. Seit ich diesen Undank erlebt, bin ich dem Menschenvolk sehr gram geworden und habe immer auf eine Gelegenheit gewartet, mich zu rächen, am liebsten an ihm selbst. Nun hab' ich ihn wirklich seit einiger Zeit in diesem Walde, den er sonst sorgfältig gemieden, herumschleichen sehen, wahrscheinlich, weil er mein Lied gerne hören wollte, worauf er bei seinem ersten Besuch nicht den geringsten Werth legte. Jetzt aber möchte er sich die Prinzessin damit gewinnen und das halbe Reich, und die Schrift, worin er sagt, ich existire gar nicht, hat er nur geschrieben, um alle Anderen irre zu führen und allein der Glückliche zu sein. Ich wußte auch davon und habe darum schon mondenlang das Lied nicht mehr gesungen. Heute aber kam mich eine unwiderstehliche Lust dazu an, und da Mitternacht schon vorbei war, glaubte ich, ich könne vor dem abscheulichen Horcher ganz sicher sein. Da habt Ihr mich denn belauscht, und weil ich den Verhaßten vor mir zu sehen glaubte, habe ich ihm zur Strafe die Hörnlein anzaubern wollen, wie er mir einmal von einer alten heidnischen Jagdgöttin erzählt hat. Die sind nun leider an den Unrechten gekommen.

## Sechstes Kapitel.

### Fedelint und Fiedelant.

Nachdem die Nixe ihre Geschichte beendet hatte, folgte eine kleine Stille. Dann sagte Fedelint und betrachtete traurig seine Cereviskappe, die auf den Hörnern nun nicht mehr fest sitzen wollte: Liebes, schönes Fräulein, ich weiß nicht, ob ich lachen oder weinen soll. Das Lied kenne ich nun zwar, wodurch ich Funzifudelchen erlösen kann; aber an diesem meinem Kopfputz wird sie sich gewiß stoßen und sich nicht entschließen können, meine Frau zu werden. — Ei was! lachte die Nixe, das laßt Eure geringste Sorge sein. Es wird freilich ein wenig Zeit und Mühe kosten, bis Ihr Euch die Hörner abgelaufen habt, aber mit gutem Willen bringt Ihr's schon zu Stande. Das müßt Ihr aber so anstellen. Seht, da hinter den Bäumen, wo die lichte Stelle ist, dämmert schon der Morgen; sobald es Tag wird, macht Euch auf und streift durch den Wald und schaut dabei fleißig nach Eurer Taschenuhr. Denn alle Stunde müßt Ihr die Hörner gegen einen Eichstamm stupfen; davon werden sie kleiner. Abends aber, sobald der Mond herauf ist, wird Euch ein braunes Reh begegnen, das noch kein Geweih hat. Eure Hörnlein sind dann schon ganz kurz, kaum eines Daumens stark. Wenn Ihr aber das Reh seht oder sein Rufen hört, sprecht Ihr folgenden Vers:

> Rehlein schlank und Rehlein braun,
> Von der schönsten Wasserfrau'n,
> Undula im Waldrevier,
> Bring' ich einen Gruß zu dir,
> Und sie läßt dir freundlich sagen,
> Dies Geweihlein sollst du tragen.
> Setz es auf und spar den Dank;
> Rehlein braun und Rehlein schlank!

Dann fühlt nach Eurem Kopf, und Ihr werdet der Bürde los und ledig sein. Wenn Ihr mir aber Eure Dankbarkeit beweisen wollt, weil ich Euch zu der schönen Prinzessin verholfen habe, so werft dem treulosen Sutorius am hellen Tage die Fenster ein. Und nun Adieu!

Sie steckte Federlint noch die Taschen seines Schlafrocks mit den Resten der Mahlzeit voll, Alles fein säuberlich in große Blätter gewickelt, und nahm dann Abschied. Zuvor aber sang ihr Fedelint noch einmal das Lied vor, ob er's auch richtig auswendig wisse, und sah dann die schöne Nixe wieder hinabtauchen in den kühlen Weiher, als eben die ersten Sonnenblitze durch den Wald schossen.

Dann ging er nachdenklich seiner Wege, fühlte von Zeit zu Zeit nach seinen Hörnlein, ob es auch wirklich kein Traum gewesen sei, und weil er sie richtig mit Händen greifen konnte, sah er fleißig nach der Uhr, um ja die Zeit nicht zu verpassen, wo er mit dem Kopf gegen einen Eichenstamm stoßen sollte, sich die Hörner abzulaufen. Dabei dachte er an Alles, was die Nixe ihm erzählt hatte, und gegen den heimtückischen Professor Sutorius gerieth er in einen hellen Zorn, und wär' er ihm zufällig begegnet, hätte er ihm wahrscheinlich über Süßwassernixen und ob sie ein Herz haben und singen können so kräftig den Text gelesen, daß der alte Sünder auf den Knieen all seine falsche Wissenschaft hätte abschwören sollen.

Wie es nun Mittag war und er Schlag zwölf Uhr seine Hörnlein abgewetzt hatte, und sie waren schon ziemlich geschwunden, kam er an eine kühle, schattige Stelle, wo ein kleiner Brunnen rieselte, mit Epheu und Immergrün überrankt. Da willst du Halt machen und essen, sagte er zu sich selbst; denn dreimal am Tag durfte er rasten, hatte ihm Undula gesagt; sonst mußte er fortwährend die Beine rühren, um sich die Hörner abzulaufen. Setzte sich also ins hohe grüne Gras, packte seine Taschen aus und fing an zu essen. Kaum hatte er eine kleine Weile getafelt, da klang's fern durch den Wald wie eine Geige, und Einer sang dazu. Heilige Cäcilia! rief Fedelint, ich könnte Stein und Bein schwören, daß das mein lieber Bruder ist. Gerade so machte

er das staccato und die Doppelgriffe. — Indem fing die
Geige eine neue Melodie an, und ein schöner Tenor sang dazu:

> Auf freier, frischer Straßen
> Da wandr' ich lustig hin.
> Mich freut gar aus der Maßen,
> Daß ich ein Fiedler bin.
> Hol' ich mein' Fiedel vor,
> Da spitzt der Wind das Ohr;
> Die Böglein in den Zweigen
> Die zwitschern mit im Chor.
>
> Am Abend in der Schenken,
> Wann klingt die Fiedel mein,
> Da thut sich Alles schwenken;
> Der Wirth der schenkt mir ein.
> Gar stattlich ist sein Bauch,
> Sonst dreht' er sich wohl auch.
> Die Zeche steht im Schornstein,
> Da löscht sie aus der Rauch.
>
> Will mich ein Harm beschleichen,
> Ich weiß wohl, was ich thu',
> Ein Liedlein thu' ich streichen
> Und sing' mir eins dazu.
> Gleich hat der flinke Takt
> Die Beine mir gepackt;
> Ich muß dazu auch tanzen,
> Und fort ist, was mich zwackt.

Das Lied war kaum zu Ende, so trat der Musikant
aus den Bäumen hervor und — Richtig, er ist's! schrie
Fiedelint, und gerieth vor Freuden schier außer sich. Aber
Bruder, was hast du dir für einen langen Bart wachsen
lassen seit gestern Nacht! — Und, Bruder! rief Fiedelant er=

schrocken, was sind dir in dem Jahr, seit wir uns nicht ge=
sehen, für abscheuliche Hörnlein gewachsen! — Stoß dich
nicht daran; ich habe sie mir bald abgelaufen, versetzte der
Student. Aber was schwätzest du da von einem ganzen
Jahr, und deinen Abschiedszettel fand ich doch erst gestern Nacht,
als ich aus dem Carcer nach Hause kam? — Nun sahen
sich Beide mit neuer Verwunderung an, und Fiedelant befühlte
den absonderlichen Hauptschmuck seines Bruders, weil er
glaubte, es sei nicht ganz richtig mit ihm und über dem
Hörnerwachsen sei sein Menschenverstand in die Brüche ge=
gangen. Auch nachdem Fedelint ihm all seine Abenteuer er=
zählt hatte, schüttelte er noch immer mit dem Kopf und
sagte dann: Mein armer Junge, da bist du von einem
Zauber in den andern getaumelt. Die böse Alte, die dich
deiner Prinzessin hat abspenstig machen wollen, hat dich
in einer einzigen Nacht um ein Jahr älter werden lassen,
was dir nur lieb sein kann, weil es zum Hörnerablaufen
nützlich ist, nicht mehr in den ersten Semestern zu sein. Daß
es aber mit dem Jahr seine Richtigkeit hat, wirst du er=
kennen, wenn du hörst, was ich indessen alles erlebt habe.

Und nun setzte er sich zu seinem lieben Bruder ins Gras,
ließ sich nicht lange bitten, mitzutafeln, und erzählte ihm da=
bei seine Fahrten und Schicksale in Hispanien, Welschland und
den übrigen Königreichen, Meeren und Inseln, wo er mit
seinem Geigenspiel überall Ehren und Gold geerntet und, was
das Beste war, seine Vernarrtheit in Funzifudelchen glücklich
abgeschüttelt hätte. Nun aber bin ich vom Regen in die
Traufe gekommen, schloß er mit einem Seufzer. Denn zu
guter Letzt habe ich mich sterblich in die Tochter des Königs
von Molldurien verliebt, wo der Himmel immer voll Baßgei=

gen hängt, und habe mich auch glücklich bei einem Hofconcert mit einem herrlichen Triller in ihr Herz hineingegeigt. Wir hatten schon verabredet, daß ich am nächsten Tage dem Herrn Papa meine Aufwartung machen und um die Hand der Prinzessin anhalten sollte; aber der neidische Hofmarschall Crescendo bekam Wind von der Sache, verrieth unsere Liebe dem Könige, und über Nacht wurde ich von zwei bis an die Zähne bewaffneten Fiedelbogenschützen über die Grenze geschafft, dann zum Abschied nach Noten durchgebläut und zu lebenslänglichen falschen Quinten verurtheilt, wenn ich mich je wieder blicken ließe. Und doch habe ich mein Herz bei meiner Liebsten zurückgelassen, und wie soll ich ohne Herz je wieder gute Musik machen?

Bruder! rief Fedelint, jetzt ist es an mir, dir deine Liebe und Treue königlich zu vergelten. Siehst du denn nicht ein, wenn ich Funzifudelchen und das halbe Reich habe, wirst du Prinz von Geblüt und der Prinzessin von Mollburien ebenbürtig? Was soll denn dein Schwiegerpapa gegen eine so standesgemäße Verbindung noch einzuwenden haben?

Juchhe! schrie Fiedelant, aß geschwind das letzte Sardellenbrödchen auf, that einen prächtigen Luftsprung und fiedelte drauf los, daß es nur so durch den Wald klang, und er und Fedelint tanzten und sangen dabei:

> Will mich ein Harm beschleichen,
> Ich weiß wohl, was ich thu':
> Ein Liedlein thu' ich streichen
> Und sing' mir eins dazu.
> Gleich hat der flinke Takt
> Die Beine mir gepackt;
> Ich muß dazu auch tanzen,
> Und fort ist, was mich zwackt.

Hör auf, Bruder! schrie Fedelint, mir geht der Athem aus. — Der aber strich noch eine Weile fort; dann schloß er mit einem langen, köstlichen Triller, dem nämlichen, durch den er sich seiner Prinzessin ins Herz gegeigt hatte, und sagte dann: Hör, Fedelint, wir müssen jetzt das Lied der Nixe einstudiren. Wenn du heut um Mitternacht die Serenade bringst, geh' ich mit und begleite dich auf der Geige; das wird sich besser machen, als wenn du mit deinem dünnen Bariton allein dich hören lässest. — Bravo! sagte Fedelint. Aber erst will ich meine Hörner wieder ein bischen ablaufen, es ist wahrhaftig schon fünf Minuten über Ein Uhr. Und damit stupfte er den Kopf an die Eiche, unter der sie gespeis't hatten, daß sein Bruder sich vor Lachen die Seiten hielt. Dann fing Fedelint an und sang Undula's Lied, und Fiedelant strich die Fiedel dazu, und ich wollte selbst, ich wäre dabei gewesen.

## Siebentes Kapitel.

**Wie Fedelint an den Unrechten kommt, und dabei doch an den Rechten.**

Sie waren nun den ganzen Tag im Forst herumgeirrt, und Fedelint's Hörnlein hatten beträchtlich abgenommen, da ging der volle Mond in großem Glanze am Himmel auf, und sie sahen von einem Hügel herab über die stillen Wälder und schlafenden Gründe. Jetzt ist die rechte Zeit! flüsterte Fedelint; war dir's nicht auch, als hörtest du dort aus den Büschen den Rehruf? Wahrhaftig, sagte der Andere, es rief was; aber ob's ein Reh war, will ich nicht beschwören. — Indem hatte der stürmische Fedelint den Bruder schon mit fortgezogen. Siehst du? Siehst du? den braunen Fleck da? raunte er ihm zu. — Allerdings, erwiderte Fiedelant, einen braunen Fleck seh' ich; aber ob's ein Reh ist, will ich nicht beschwören. Fedelint aber hörte nicht mehr, sondern stellte sich in Positur, räusperte sich und hob mit lauter Stimme an:

> Rehlein schlank und Rehlein braun,
> Von der schönsten Wasserfrau'n,
> Undula im Waldrevier,
> Bring' ich einen Gruß zu dir,
> Und sie läßt dir freundlich sagen,
> Dies Geweihlein sollst du tragen.
> Setz es auf und spar den Dank,
> Rehlein braun und Rehlein schlank!

Himmel, mein Kopf, mein Kopf! schrie da auf einmal eine Menschenstimme. — Bruder, sagte der Geiger, ich vermuthe, da hast du eine heillose Dummheit gemacht. Die Hörner scheinen an den Unrechten gekommen zu sein. — Damit zog er den verblüfften Fedelint, der freilich wieder eine glatte Stirn hatte, aber kein glattes Gewissen, nach der Stelle im Dickicht, von woher der Ruf erschollen war. Sie hatten aber noch keine zehn Schritte gemacht, da trat ihnen ein Mann entgegen in einem braunen Rock, den Hut in der einen Hand, die andere an der Stirn, wo man in dem klaren Mondlicht richtig die beiden Hörnlein hervorsprießen sah. Fedelint aber blieb plötzlich stehen, schlug eine helle Lache auf und rief: Nun bei den ewigen Göttern, so ist die Bescherung doch an den Rechten gekommen. Erkennst du denn nicht unsern |alten Professor der Nixologie, den großen Theophilus Sutorius? Guten Abend, Herr Professor! Wollten Sie etwa neuen Quellenstudien obliegen und haben es nicht gescheut, im Dienst der Wissenschaft sich den Schlaf abzubrechen? Im Wald hier ist's nicht geheuer, und Sie könnten sich leicht ein Kopfweh holen; wahrhaftig, Sie halten ja auch schon Ihre Stirne fest, als ob sie Ihnen zerspringen wollte. Sollen wir Ihnen etwa heimgeigen, ich und mein Bruder?

Da schoß der bestrafte Sünder einen bösen Blick auf den Studenten, der sich stellte, als ob er von gar nichts wisse, versuchte dann, so gut es ging, seinen Hut über die Hörnlein zu stülpen und trat eilig den Heimweg an nach der Stadt, unverständliche Scheltworte und Verwünschungen zwischen den Zähnen murmelnd.

Die Brüder sahen ihm nach und Fiedelant sagte: Die Hörner wird er sich sein Lebtag nicht mehr ablaufen! — Da hörten sie von der andern Seite ein seltsames Gebrumme, ein Schnurren und Summen, was beinahe angenehm klang, und aus den Büschen heraus trat der alte verrückte Kapell= meister, einen großen Waldteufel in der Hand, den er unauf= hörlich schwang und kreisen ließ, wobei ihm das Gesicht in stiller Verklärung glänzte, wie wenn er himmlischen Klängen lauschte. Als er die beiden jungen Leute erblickte, nickte er ihnen ganz huldvoll zu, wie ein Mensch, der ein großes Glück gemacht hat und im Stillen seine Nebenmenschen um Verzeihung bittet, daß er's ihnen vor der Nase wegge= fischt habe. So verschwand er mit seiner Waldteufelsmusik wieder im Dickicht, auf der nämlichen Straße, die der ge= hörnte Professor eingeschlagen hatte.

In diesem Walde läuft mancherlei seltsames Gethier her= um, von dem die Naturgeschichte nichts weiß, sagte der Fiedler lachend zu seinem Bruder. Indem trat ein alter Jägers= mann zu ihnen, bot ihnen den guten Tag und sagte: Kennen die Herren den kleinen Mann, der da eben vorbeigerannt ist? Mit dem ist's nicht richtig. Denken Sie nur! Gestern Nacht, ich hatte eben meine Büchse in die Ecke gestellt und will mich hinlegen und schlafen, da geschieht plötzlich ein gewaltiges Brausen durch die Luft, daß mir altem Jäger ordentlich bange wird, und wie ich den Kopf aus meiner Hütte stecke, sehe ich ein ganzes Heer von Waldteufeln herangeflogen kommen, und hinterdrein jagt das kleine dürre Männchen, das Sie eben gesehen haben, und schreit, was es nur kann: Halt still, Nixe! halt still! Wirklich kriegt er den letzten zu fassen, stolpert aber über eine Baumwurzel und fällt längelangs zur Erde. Wie er sich wieder aufgerappelt hatte, war das wilde Heer verschwunden; der gefangene Waldteufel aber lag zerknittert neben ihm. Ihn aber kümmerte das nicht, er schwang ihn durch die Luft und rief: Hab' ich dich endlich! Hab' ich dich! Dann setzte er sich auf einen gefällten Baumstamm und besah ihn von hinten und vorn. Leider ganz verstimmt! brummte er ärgerlich, bog die Pappe wieder zurecht, zog so ein Ding wie eine Gabel aus der Tasche, hielt sie vors Ohr und drehte dann den Waldteufel. Es ist wirklich Fis dur geworden, sagte er vor sich hin. Das wird Mühe kosten, ihn wieder auf C-moll zu bringen! — Und nun saß er die ganze Zeit unermüdlich auf demselben Fleck, machte die Roßhaare bald kürzer, bald länger und hielt dabei immer die Gabel vors Ohr, die ganz wunderlich klang. Endlich schien er mit seinem Geschäft zu Stande gekommen zu sein, denn er stand auf, wischte den Schweiß von der Stirn, und ich hörte, wie er zu sich selber sagte: Es stimmt! Dem Himmel sei Dank! Ich werde das große Werk vollbringen und die Prinzessin erlösen. Daß kein Text dabei ist, soll mich nicht irre machen.

Es ist eben ein Lied ohne Worte nach der neuen Manier. — Damit setzte er den Waldteufel in Schwung und schlug den Weg nach der Stadt wieder ein.

Es ist der alte verrückte Kapellmeister, sagte Fedelint. Der Gute wird freilich den Kürzern ziehen, wenn wir in die Wette musiciren. Aber es soll sein Schade nicht sein. Er soll unser Hofstimmgabler werden und immer gerufen werden, wenn unser getreues Volk einmal gegen uns verstimmt ist. — Nun das gesteh' ich, sagte Fiedelant, du sprichst schon recht wie ein Prinz von Geblüt. Ich muß dir nur gleich das „Heil dir im Siegerkranz" vorgeigen.

———

## Achtes Kapitel.

Wie das Märchen von Fedelint und Funzifudelchen ein fröhliches Ende nimmt.

Im Glas-Pavillon der Prinzessin sah's in dieser Nacht wie alle Nächte aus. Funzifudelchen hatte französische Stunde und mußte aus dem Charles XII. übersetzen, den ihr der Lehrer Monsieur Conditionnel, vorlas. Der alte König saß mit seiner lieben Gemahlin dabei und hörte zu, obgleich sie Beide eigentlich nicht viel Französisch verstanden. Es war aber Hofton, zu thun, als ob einem Nichts darüber ginge, und darum wurde Funzifudelchen von ihren königlichen Eltern immer sehr gelobt, wenn sie ihren französischen rothen Zettel bekam. — Der Lehrer zupfte dann an den Vatermördern, machte ein wichtiges Gesicht und sagte: Es mag auch wohl am Lehrer liegen, Majestät. Die Methode ist die Hauptsache,

und meine Verdienste um die historische Erforschung des un=
bestimmten Artikels sind von der Pariser Akademie — —

Schnurrurrurrurrrrrrr . . . ging es unten auf der
Straße los. Ah mon Dieu! rief Junzifudelchen, welch ein
gräulicher Lärm! Der König stürzte zum Fenster und sah
braußen den alten verrückten Kapellmeister stehen und mit
wahrem Feuereifer den großen Waldteufel schwingen. Das
dürre Figürchen stak in einem feierlichen schwarzen Anzug, um
den Hals war eine schlohweiße Binde geknüpft, und ein groß=
mächtiger Blumenstrauß saß im Knopfloch, als ging's zur Hoch=
zeit. Indem der König eben nach seiner Börse griff, um dem
alten Musikanten einen Groschen hinabzuwerfen und ihn fort=
zuschicken, kamen schon die beiden Nachtwächter mit den ver=
bundenen Augen und nahmen den guten Bratsche trotz alles
Sträubens und Betheuerns: es sei ja das Lied der Nixe
Undula, und er wolle damit die Prinzessin erlösen! mit sich
fort.

Daß man doch nie vor Störungen sicher ist! sagte Muffel
der Erste ärgerlich und setzte sich wieder. Bitte, Monsieur Conditionnel, continuez! — Die Prinzessin war ein wenig un=
ruhig und zerstreut. Da klangen vom nahen Kirchthurm zwölf
Schläge, und unter dem Fenster fing eine neue Nachtmusik
an; eine Geige spielte einige reizende Passagen, dann sang
ein zarter Bariton folgendes Lied:

Dein Herzlein mild,
Du liebes Bild,
Das ist noch nicht erglommen,
Und drinnen ruht
Verstohlne Glut,
Wird bald zu Tage kommen.

Es hat die Nacht
Einen Thau gebracht
Den Knospen all im Walde,
Und Morgens drauf
Da blüht's zuhauf
Und duftet durch die Halbe.

Die Liebe sacht
Hat über Nacht
Dir Thau ins Herz gegossen,
Und Morgens dann,
Man sieht dir's an,
Das Knösplein ist erschlossen!

Ach Himmel! rief die Prinzessin, was ist das? Ich sehe! Ich sehe! Ach, Monsieur Conditionnel, was haben Sie für große Vatermörder! Ach, lieber Vater, liebe Mutter! — Und damit fiel sie den erstaunten Eltern um den Hals und hätte beinah auch ihren französischen Lehrer umarmt. Muffel der Erste aber und Rapubanzia fielen wechselweise sich und Funzifubelchen in die Arme und lachten und weinten. Da klopfte es an die Thür. Herein! Herein! riefen Alle miteinander, und da ging die Thür auf und Fedelint trat ein. Ach, schrie Funzifubelchen ganz laut, was für ein schöner Mensch! — und darauf wurde sie ganz roth und schwieg stille. Denn sie merkte wohl, daß es gegen den Hofton war, was sie da gesagt hatte. Der König aber trat zu Fedelint und sagte: Junger Mann, seid Ihr der Sänger? Und als Fedelint in wortlosem Entzücken dastand, trat geschwind Einer mit einer Fiedel hinter der Thür hervor und sagte: Ja, Majestät, das ist er, und mein lieber Bruder dazu, und ich schmeichle mir nun auch, Prinz von Geblüt zu werden. — Bei meinem Königswort, das sollt Ihr! sagte der König, umarmte erst

Fedelint und dann Fiebelant, führte den noch immer sprach=
losen Studenten seiner Tochter zu und sagte: Da habt ihr
euch, Kinderchen!

Was nun noch Wissenswürdiges sich ereignet, ist bald
erzählt.

Der alte verrückte Kapellmeister starb noch in selbiger
Nacht eines sanften und seligen Todes, indem er steif und
fest behauptete, wenn er auch in dieser Welt die Prinzessin
nicht gekriegt, werde er ihr im Jenseits sicherlich angetraut
werden, da er das erste und einzige Nixenlied entdeckt habe.
Der junge König ließ ihm einen schönen Grabstein setzen,
mit der Inschrift:

> „Ruh aus hier bei den Todten
> Von Erdennoth und Noten.“

Vor allen Dingen aber bezahlte er seine sämmtlichen
Schulden, und zwar doppelt und dreifach, und gab allen
Studenten im ganzen Reich einen famosen Commers und
sechs Monate Ferien. Seine alte Wirthin aber, die Schneiders=
frau, wurde zur Hof=Thee=Köchin ernannt mit hohem Gehalt.
Den Nachtwächtern und Pedellen, die ihn so oft ins Carcer
gebracht hatten, verzieh Fedelint aufrichtig und schenkte Jedem
einen Fedelintb'or. Einem aber konnte er nicht verzeihen,
und das war der Professor Theophilus Sutorius.

Bei der großen Cour nämlich, die das junge Paar nach
der Trauung abhielt, waren auch sämmtliche Professoren er=
schienen und unter ihnen Sutorius, trotz der beiden Hörnlein,
die er zu seiner Buße an der Stirn tragen mußte. Er hatte sich
aber listigerweise eine so hohe Perrücke machen lassen, daß sein
böser Hauptschmuck völlig darunter verschwand, und so er=

schien er vor den jungen Herrschaften mit so dreister Stirn und süßem Lächeln, als ob er sich gar keiner Schuld bewußt wäre. Das verdroß den jungen König im Stillen sehr, und er gedachte wieder des Versprechens, welches er der Nixe Undula gegeben hatte. Er ließ deshalb in dem Thiergarten am Schloß ein großes Volksfest anstellen, wozu alle Einwohner der Stadt geladen waren, und wie die Festlichkeit eben recht im Gange war, stahl er sich heimlich aus dem Getümmel fort, ging in die menschenleere Stadt zurück und warf dem Professor am hellen Tage alle Fensterscheiben ein, und zwar mit harten Thalern, damit er sie wieder machen lassen könne. Der letzte Thaler aber war in einen Zettel gewickelt, darauf stand:

> Weil du Undula betrogen
> Und die ganze Welt belogen,
> So erkläre Augenblicks,
> Von den Nixen weißt du nix.
> Schäme dich! memento mori,
> O Theophile Sutori!

Ob der Professor sich diese Drohung wirklich zu Herzen genommen, wissen wir nicht zu sagen. Fedelint aber und Funzifudelchen lebten in einer sehr glücklichen Ehe; und wenn ja einmal eine kleine Wolke an ihrem Himmel heraufzog, schrieb Fedelint ein Billet an seinen Bruder, dessen Königreich dem seinen benachbart war, und der ließ anspannen und fuhr mit seiner Gemahlin herüber. Dann gingen sie alle Vier in den Wald, König Fiebelant zog die Fiebel hervor und spielte und sang:

> Will mich ein Harm beschleichen,
> Ich weiß wohl, was ich thu':

Ein Liedlein thu' ich streichen,
Und sing' mir eins dazu.
Gleich hat der flinke Takt
Die Beine mir gepackt;
Ich muß dazu auch tanzen,
Und fort ist, was mich zwackt.

Und da fingen Febelint und Funzifubelchen auch an zu tanzen und tanzten einander in die Arme, und dann war alle Trüb=sal vorbei, und diese Geschichte auch.

# Nachwort.

Ein Krämer und ein Schneider
Die kamen zur Lorelei,
Zwei fromme, verständige Seelen,
Und war noch ein Dritter dabei.

Der Krämer hub an zu sprechen:
Ich habe viel sagen gehört,
Es säß' eine Hexe dadroben,
Die singend die Schiffer bethört.

Es spielt die liebe Sonne
Um Fels und Ufer so klar,
Und wär's mit der Hexe richtig,
Wir würden sie jetzt gewahr.

Der Schneider sprach: Einst' hab ich
So manches Meßgewand
Zu Cölln für die Priester geschneidert;
Die klärten mir auf den Verstand.

Die Mähr von der singenden Lore
Ist eitel Lug und Wahn,
Vom leidigen Teufel ersonnen,
Die armen Seelen zu fahn. —

Der Dritte ging daneben,
Sah staunend hoch empor,
Dann in die Brandung nieder
Und horchte mit halbem Ohr.

Kopfschüttelnd blickt' er auf Jene,
Sang leise vor sich hin:
„Ich weiß nicht, was soll es bedeuten,
Daß ich so traurig bin!"

Berlin, Druck von Julius Sittenfeld.